シロクマが空からやってきた！

マリア・ファラー 作　ダニエル・リエリー 絵　杉本詠美 訳

ミスターP《ビー》が友だちとして最高《さいこう》な五つの理由

❶おもしろくて、クール。

――しかも、たよりになる（ような気がする）。

❷つぎに何をやりだすか、わからない！

❸ミスターP《ビー》のハグは最高《さいこう》！

――シロクマの毛って、やわらかいけど、ちょっとちくちくするの。

❹スケボーで、超《ちょう》かっこいいトリックを決められる。

――まるで、空をとんでるみたい！

❺友だち思いで、ユーモアたっぷり。

いつでも力になってくれる。

――「最高《さいこう》の友だち」に必要《ひつよう》なのは、けっきょく、そういうことだよね。

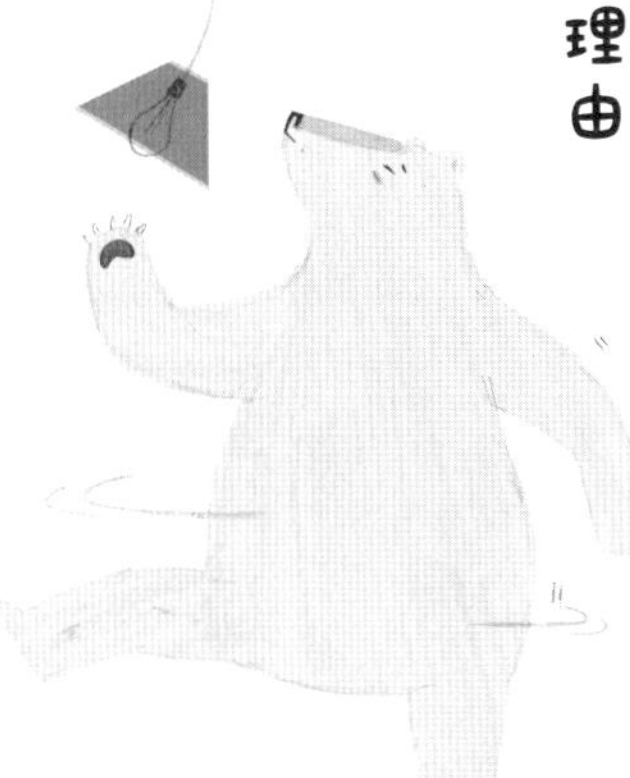

もくじ

1 夜空と星

ルビーは、マンションの小さなベランダに、すべりでた。かべにもたれてすわり、家々の屋根を見わたす。それから、えんぴつをかみ、手紙を書きはじめた。

大好《だいす》きなパパへ

パパ、元気ですか？　わたしたちは、うまくやっています。レオはどんどん大きくなるし、ママも元気です。もうすぐ、わたしのたんじょう日だけど、おぼえてますか？　おぼえてるよね？　わたしは11さいになるけど、それも知ってるよね？　今年こそ、**とっておき**のサプライズがあるのかなー、なんて思っています。プレゼントがとどくのが、まちきれません！

ルビーより

×○×○

最後《さいご》の「×」はキスのしるし。「○」はハグのしるし。

ルビーは夜空に、とくべつな星をさがした。

いつもパパとふたりで願《ねが》いごとをした、あの星を。

ぎゅっと目をつぶり、ルビーはいのる。いま書いた手紙や、前に書いた手紙を、パパが読むことができて、ほんとうにサプライズ・プレゼントをもらえますように、と。それから、手紙を空にかざすと、おりたたんで、茶色いふうとうに入れた。「パパへ」と大きくあて名を書き、切手をはる位置《いち》に星のマークをかく。ルビーは持ってきた箱のふたをあけ、中の写真を見た。そこには、スケートボードをわきにはさみ、トロフィーを手にしたパパが、うつっている。パパはいつも、ルビーにいっていた。いつかおまえも、パパみたいなチャンピオンになるぞ、と。そして、約束《やくそく》してくれた。約束《やくそく》してくれたのだ。大きくなったら、スケートボードをプレゼントしてくれるって。去年のたんじょう日にもらえると思っていたけど、ちがった。だから、今年こそもらえるんじゃないかと、ルビーは考えている。そうなったらいいなと、心から願《ねが》っていた。ルビーはさっきの手紙を、ほかの手紙といっしょに箱にしまい、ふたをしめた。パパがいまどこにいるか、ルビーは知らない。でも、この空の下のどこかにいることは、まちがいないのだ。

2 気球と池

今日は、暑くなるらしかった。

予想最高《さいこう》気温は、二十八度です

テレビの天気予報《よほう》がきこえる。ギリシャよりも暑いと、いっている。でも、ルビーはギリシャのことなんか、なんにも知らないから、そういわれても、よくわからない。ルビーは足で、かけぶとんをはねのけた。

ママのベッドのわきに置《お》いたベビーベッドの中で、弟がぐずる声もきこえている。パトカーが下の道を、けたたましく通りすぎていく。サイレンの音が、ルビーの住むマンションの灰色《はいいろ》のかべを、かけのぼってくる。まだねていたかったけど、ルビーはがんばって、目をあけた。このあと、また横になれる時間はあるだろうか？

ママが、部屋の入り口までやってきた。顔色は悪く、うつむいている。

「ルビー、悪いんだけど……」

ママは、やっときこえるほどの声でいった。

「昨夜《ゆうべ》は、ぜんぜんねむれなかったの。少しのあいだ、レオのこと、見ててくれない？　ちょっと休みたいの」

ママがこんなふうなとき、ルビーは、とほうにくれてしまう。ママの目はすっかりかがやきをなくしていて、それが悲しい。

ルビーは、ママから弟のレオを受けとり、自分のベッドにすわらせた。レオの好《す》きなアヒルのぬいぐるみをとって、ガーガー、ガーガーといいながら、前に、うしろに、ぴょこぴょこ動かしてみせる。

ママはもう二週間以上《いじょう》も、調子がよくない。こうなると、ルビーがママのかわりを、つとめる必要《ひつよう》があった。ちっちゃな弟のめんどうを見るのは、いやじゃない。でも、いっぺんにレオとママ、両方の世話をするのは、しんどいと感じるときもある。

「ガーガーだよ、ガーガー」

ルビーは、アヒルをゆすりながら、レオに近づけた。ここ何日か、レオに「ガーガー」といわせようとしているのだけど……まだ成功《せいこう》はしていない。

「ほらレオ、ガーガー、ガーガー」

レオはアヒルにあきて、朝ごはんをほしがった。ルビーは、ため息をついて立ちあがり、弟をだいて台所に行った。

レオにベビーフードを食べさせ、だっこして、まどの前まで行ったときだ。何かが目に入った。何かが空に……。ルビーはよく見ようと、まどに近づいた。

「見て、レオ！　あそこ！」

ルビーは、むねをおどらせ、笑《わら》いながら、まどの外を指差《ゆびさ》した。なにしろ、そんなものを見るのは、生まれてはじめてだ──少なくとも、ほんものを、この町で見るのは。ビルの屋根より高いところにうかんでいるのは、**カラフルな熱気球**《ねっききゅう》。

もっとよく見ようと、ルビーは目を細めた。気球は、

雲ひとつない空を、ゆっくり進んでいる。いったい、だれが乗っているんだろう？　あれに乗って、世界を見おろすのは、どんな気分かな。想像《そうぞう》すると、自分が鳥になったように、いっとき、自由な気持ちになれた。

「行こう」

ルビーはレオを、ぎゅっとだきしめた。

「おでかけしよう。うちの中にとじこもってるのは、もう、うんざり」

レオを着がえさせ、ママの部屋をのぞいた。よくねている。ルビーはレオを連《つ》れてエレベーターで下までおり、公園に向かった。この時間、大通りはいつも混《こ》んでいる。歩道は人でいっぱいだし、車がはきだす熱《ねつ》もくわわって、あたりはいっそう暑い。ルビーは道をわたり、公園の外をぐるりと一周する小道に入った。すると、スケートパークのわきを通ることになる。ルビーが、世界でいちばん好《す》きな場所だ。いろんな色でかきなぐられた落書きだらけのかべに、ぴったりそって歩いているので、ルビーのすがたは、まわりの景色《けしき》にとけこみ、だれにも気づかれないはずだ。じきに、スケートボードのウィール（車輪《しゃりん》）がコンクリートの上で、すべったりとんだりする音が、きこえてきた。ルビーの目のはしを、あざやかな色が何度もさっとよぎる。スケートボードに乗った男の子たちが、あっちからこっち、こっちからあっちへと走りぬけ、ジャンプし、スライドし、かん声をあげ、笑《わら》いあっている。

みんな、楽しそうだ。ルビーは足をゆるめたが、立ちどまりはしない。そのとき、男の子たちの中に、学校の同級生がいることに、気がついた。ルビーはあわてて頭を低《ひく》くし、急いでにげだした。ベビーカーをおしているところなんか見られたら、かっこ悪い。

ルビーは池のほうへ、おかをくだっていった。お天気がいいので、公園には、たくさんの家族連《づ》れが来ている。ルビーは、さびしさがつのった。

池のそばまで来ると、レオはかた手を前につきだして、「アーア」といった。ルビーは笑《わら》い、ベビーカーのわきにまわって、しゃがんだ。

「いえたね、レオ。ガーガーって、いえたね。ほら、ハイタッチしよう！」

レオのちっちゃな右手をとって、ルビーの右手と、ちょんと合わせると、レオはキャッキャッと笑《わら》った。

「アーア、アーア、アーア」

レオは何度もそういって、ベビーカーの中で、体を前後にゆすっている。

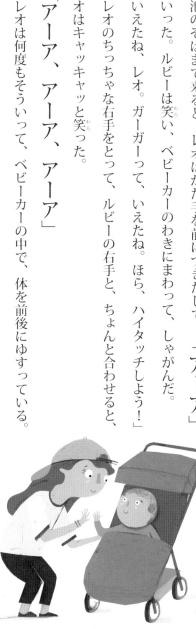

ルビーはふくろから、かたくなったパンの耳を出した。ちぎって投げると、アヒルたちは、われ先にやってきて、水面をくちばしでつつき、もっとくれないかなとでもいうように、近くを泳ぎまわっている。

ふいに、すべてのものが動きをとめ、あたりは静《しず》まりかえった。ルビーはまゆをよせた。ものすごく**大きな**かげが、ゆっくり池をわたり、水面から、かがやきをうばっていく。アヒルたちは、おびえたようにバサバサと池からとびだし、鳴きながら、どこかへ行ってしまった。

ルビーは上を見て、ぎょっとした。池に向かってやってくるのは、あの熱気球《ねつききゅう》だけど、いまは空の高いところではなく、木の上すれすれをとんでいる。近くで見る気球は、とても大きく、かごの中まではっきり見えた。太陽がまぶしい。目の上に手をかざして、ルビーは考えた。光のかげんだろうか？ かごの中に、何か大きくて、白くて、毛のはえたものが見えるような……。

レオが泣《な》きだした。ルビーは目をこすり、もう一度見た。

こんなの、ありえない。

気球は、どんどんおりてくる。バーナーが**けもの**のほえるような音をたて、ぶわっとほのおが上がった。気球は

スピードを落とし、ゆっくり地面に
向かってくる。
着陸《ちゃくりく》する気なんだ。
この公園に！

気球は、さっとかがんだルビーの頭を、かすめていった。もうちょっとで、あたるところだ。

「気をつけてよ！」

ルビーは、レオをかばいながらどなり、気球に乗っているだれかに向かって、こぶしをふりまわした。

いまや、公園じゅうの人が、気球を見ている。大あわてで気球をよけようとする人たちの悲鳴が、ルビーの耳に、わんわんひびく。ドサッと音がして、熱《ねっ》気《き》球《きゅう》のかごがはね、草の上に横だおしになった。まるくふくらんでいた大きなバルーンがしぼみ、かごのそばに、おりかさなって広がる。そして、あたりはしーんとなった。

みんな、つったったまま、見まもっている。

やがて、ガサガサ、音がしたかと思うと、けもののほえる声が、きこえた。今度は、バーナーの音じゃない。

みんな、びくっとした。いったい、何がいるんだろう？

バルーンの下で、何かが動いている。はじめはかすかに、つぎには大きくバルーンがゆれ、かごのすぐ近くが、ぐぐっともりあがった。そしてそれが、ルビーのほうへ、ゆっくり近づいてくる。まわりの人はみんな一歩さがったけれど、ルビーは、その場を動かなかった。ふしぎなかたまりは、ルビーのまん前で、動きをとめた。長くて黒い、五つのかぎづめがのぞき、つづいて、大きな白いけものの足が出てきた。それから、もうひとつ足が出た。そして、毛のはえた長い鼻が見え、ついに**シロクマの全身**が、すがたをあらわした。

ルビーは、おどろきのあまり、動くこともできなかった。

シロクマは、しぼんだバルーンの下から、ぼろぼろの茶色いスーツケースをひっぱりだし、うしろ足で立ちあがると、空気のにおいをかいだ。子どももおとなも悲鳴をあげ、あたふたと、にげだした。ルビーは目の前のけものを見あげ、両手をこしにあてた。ほんもののシロクマのわけがない。だって――

(1) シロクマは、このあたりには住んでいない。
(2) シロクマは、熱気球《ねつききゅう》で空をとんだりしない。
(3) シロクマは、スーツケースなんか、持っていない。

これはたぶん、だれかの悪ふざけだ。だまされるもんか。そのとき、ルビーはふと、スーツケースに目をやり、そこにタグがひとつ、ぶらさがっていることに、気がついた。

ミスターP《ピー》

しもをかぶったような、うすい青色の文字で、そう書いてある。

ルビーはもう一度、クマを見た。

「これが、あんたの名前なの？」

シロクマは一歩前に出て、よけるまもなく、ルビーの顔に、しめった黒い鼻をおしつけてきた。

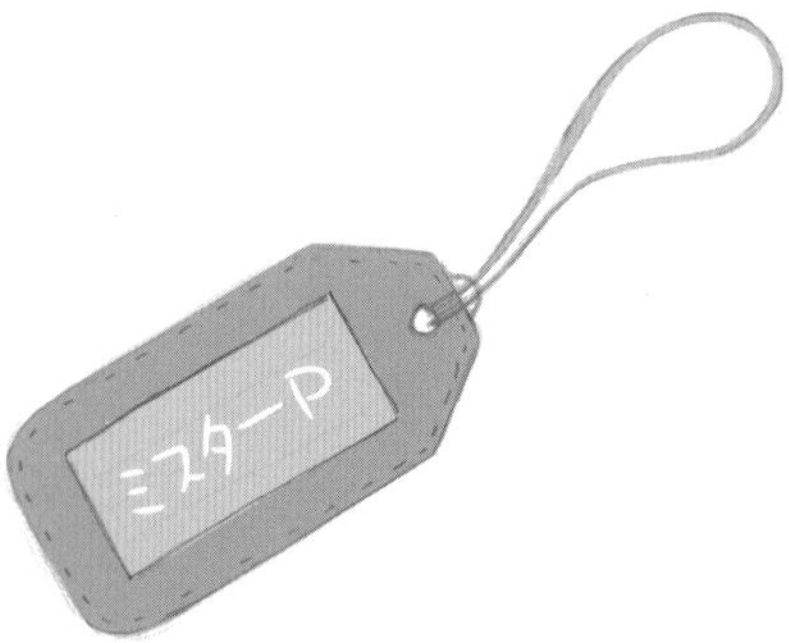

3　信号《しんごう》とエレベーター

ルビーはせなかをそらせて、自分の鼻を、クマからできるだけ遠ざけようとした。これだけはたしかだ。悪ふざけにしろ、そうでないにしろ、クマの口から出る息は、ものすごく魚くさい。

レオがかん高い声をあげ、シロクマを指差《ゆびさ》した。

「アーア、アーア」と、何度もくりかえしている。

「レオ、静《しず》かにして」

ルビーはシロクマから、いっしゅんたりとも、目をはなさずにいった。平気そうに見せているだけで、内心はあんまり平気じゃないのだけど、シロクマがルビーを見る目つきも、どことなく不安《ふあん》そうだ。ルビーは、ベビーカーの前輪《ぜんりん》をうかせて、くるっと向きを変《か》えた。

「さあレオ、帰る時間だよ」

これはきっと、ドッキリ番組か何かだ。たぶん、かくしカメラで一

部始終をとっているのだろう。まぬけなまねをして笑《わら》われるのは、まっぴらだった。ルビーは公園のはしまで来ると、どうなったかなと、かたごしにふりかえった。

なんてことだろう。シロクマはそう遠くないところにいて、どうもルビーのあとをついてきているらしい。そのすがたは、ほんもののシロクマそっくりだ。ルビーは急いだ。なるべく早足で、まっすぐ大通りに向かう。交差点《こうさてん》についたとき、運よく、ちょうど信号《しんごう》が変《か》わって、車がみんなとまってくれた。ルビーは、四車線の道を小走りでわたり、反対側《はんたいがわ》の歩道にたどりついた。ふりむくと、シロクマはやっと交差点《こうさてん》についたところで、信号《しんごう》がまた変《か》わり、車がいっせいに動きだそうとしている。ルビーは、ほっとした。これでもう、あのクマもついてこられない。

プーッ！

パパーッ！

プップ――――ッ！

鳴りひびくクラクション。急ブレーキをかける音。きんぞくどうしがぶつかる**ガシャン**という音は、きっと、車が前の車につっこんだのだ。ルビーは、あっと口をおさえ、ドキドキしながら、交差点《こうさてん》を見つめた。あのクマは、いったい何をやらかしたんだろう？　まさか、あんなに車の多い道を、何も考えずに、わたろうとしたんだろうか？　そのうちに、シロクマが、走ってくる車をよけようと、ぴょこぴょこにげまわっているのが、目に入った。シロクマは、二《に》階《かい》建《だ》てのバスが大きな音をとどろかせ、自分のほうにせまってくるのに気づくと、スーツケースを頭にのせ、その場にうずくまった。ルビーは、レオの目をおおった。バスはキキーッと音をたてて、急《きゅう》停《てい》止《し》した。ぎりぎりセーフ。でも、クマはまだ、そこでちぢこまっている。

ルビーは両手をメガホンのようにして、クマに向かってさけんだ。

「歩道にもどって！　信号《しんごう》が青になるまで、待たなきゃだめよ！　ほら、立って！　早くもどって！」

でも、シロクマは、ショックで動けないらしい。

やがて信号《しんごう》が変《か》わると、シロクマはまごつきながら、スー

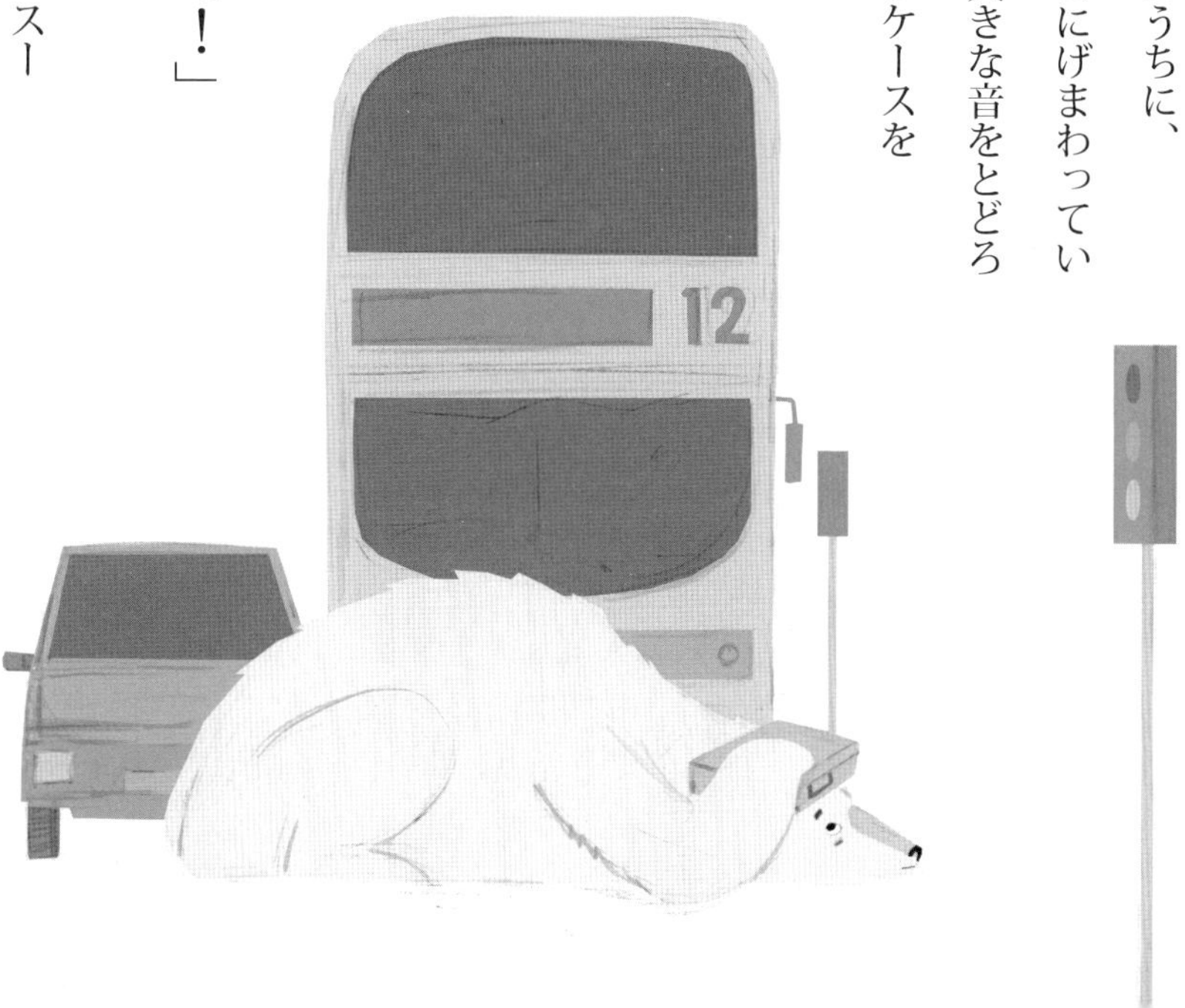

ツケースをひきずり、よたよた道をわたってきた。気持ちはわかる気がする。ルビーだって、まだショックで**ぼうっと**しているのだから！

ルビーは、またベビーカーをおし、大急ぎで家に向かった。歩道を歩く人たちがみんな、ルビーに道をあけてくれる。どうしてだろう？　それに、みんながこっちを見る目も、どこか変《へん》だ。首のうしろがちりちりするような、いやな予感がした。みんなが見ているのは、ほんとうにルビーだろうか？　それとも、ルビーの**すぐうしろ**にいる、べつの**何か**……？

ルビーは足をとめ、しんこきゅうして、ふりかえった。シロクマがうしろにとびのき、黒いひとみを、まんまるにした。きっと、ルビーのうしろに**ぴったり**ついてきていたのだ。あらためて近くで見ると、やっぱりものすごく大きいし、ものすごくこわい。ルビーは顔をしかめ、考えた。どうしてだれも、ルビーをたすけようとせず、行ってしまうんだろう？　クマなんか見えていないような顔で、ルビーの横を大きくまわりこみ、通りすぎていく。こうなると、手はひとつだけ。ルビーが自分で、なんとかするしかない。ルビーは、できるだけきっぱりと、こういった。

「ねえ、いったいどういうつもり？　正直いって、あんたのことが、ちょっ

とこわくなってるの。だからもう、ついてこないで。おうちに帰りなさい」

ルビーは、こっちが北極《ほっきょく》かな、と思う方角を指差《ゆびさ》した。

なのに、シロクマは体をゆすっただけで、そこから動こうとしない。

「もしかして動物園に行きたいんなら、あそこの店のジェイさんに、道をきくといいわ。ジェイさんは、そういうことにくわしいの。親切に教えてくれるはずよ。だから、さあ、行って。行きなさいよ！」

クマは、鼻にしわをよせた。だけど、やっぱり動く気配はない。ルビーは、かたをすくめた。

「ねえ、悪いけど、何が目的《もくてき》だとしても、お役にはたてないわ。お会いできたのは、ちょっとおもしろかったけど、もう帰らないといけないの」

そういうと、ルビーはできるだけ早足で、にげだした。だけど、うしろから、
ザッ　ザッ　ザッ　と、シロクマの足が歩道をふむ音がついてくるのは、ききまちがいじゃない。これがほんとにだれかの悪ふざけだとしても、ぜんぜん笑《わら》えない。ルビーの家があるヘーゼルダウン・ファーム・エステートが近づくにつれ、ますます不安《ふあん》になってきた。最後《さいご》のかどを曲がると同時に、ルビーはかけだした。マンションまで、全力で走る。エントランスにとびこみ、エ

レベーターのボタンを連打《れんだ》する。

「早く、早く！」

ルビーはエレベーターのドアに向かって、どなった。かいだんにしようかとも考えてみたけれど、レオとベビーカーをかかえて二十三階まで上がるのは、むりだ。

やっと一階のランプがついて、エレベーターのドアが、シューッと音をたててあいたとき、クマがエントランスのドアをおしあけて入ってくるのが、見えた。ルビーはベビーカーをひっぱってエレベーターに乗りこむと、23のボタンをおした。すぐにエレベーターのドアがしまり、ルビーとシロクマのあいだに、がんじょうなきんぞくのバリアができた。

まにあった。ルビーはかべにもたれ、ふうっと息をついた。エレベーターは、がくんと動きだし、ガタガタ二十三階までのぼると、ギィィィィと音をたてて、とまった。少しねむって、ママの調子がよくなってるといいけど。クマのことをママに話したほうがいいか、話さないほうがいいかは、よくわからない。たぶん、ないしょにしておいたほうがいい。ママに、よけいな心配はさせたくなかった。

エレベーターのドアがあいた。ルビーは家のかぎを用意し、げんかんのほうに目をやって、
こおりついた。

4　シロクマとスーツケース

シロクマが、ルビーの家のまん前にいる。ドアにぐったりもたれかかり、ハアハア、かたで息をしている！　きっと、全速力で、かいだんをかけあがってきたのだ。ルビーはこまった。これはもう、大事件《だいじけん》だ。シロクマが自分の家のドア前をふさいでいるとなったら、気づかないふりをすることはできない。

ルビーは、人差《ひとさ》し指《ゆび》をシロクマの鼻先につきつけるようにして、いった。

「いい？　クマはここに入っちゃいけないの。あんたは、公えい住宅《じゅうたく》に、不法《ふほう》しん入《にゅう》してるのよ。だれかに見つかったら、たいへんなことになるわ」

クマは、スーツケースのタグを、じっと見た。

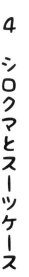

「あんたがだれでも、関係《かんけい》ない。クマはだめなのよ、ミスターP《ピー》。きんしされてるの。さあ、悪いんだけど、家に入らせてちょうだい」

ルビーはスーツケースを足でおしのけ、むりやりミスターP《ピー》のわきをすりぬけようとした。スーツ

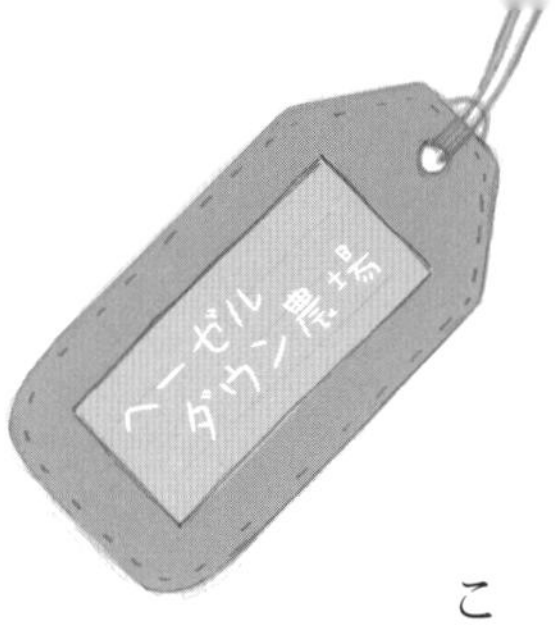

ケースがたおれ、タグがうら返しになった。

ルビーはタグを手にとり、そこに書いてある文字を読んだ。口の中が、からからになった気がした。

ヘーゼルダウン農場

これで、はっきりした。だから、このクマは、ここにいるのだ。かんちがいしているに、ちがいない。ルビーはしゃがみこみ、タグの文字を指差《ゆびさ》して、いった。

「ミスターP《ピー》、あんた、行き先をまちがってるわ。ここは、

ヘーゼルダウン・ファーム・エステート

っていうマンションよ。たしかに、ファームは『農場』って意味だけど、あんたが行きたいのは、**ほんとの**農場でしょ？　広い草地があって、牛とか羊とかがいる、あの農場でしょ？」

ミスターP《ピー》は、きょろきょろあたりを見まわし、たおれたスーツケースを起こしたものの、やっぱり動こうとはしない。

「じゃ、**勝手にすれば**。好《す》きなだけ、ここにすわってなさいよ。どうせすぐ、だれかに追っぱらわれるんだから。正直、わたしなら、いますぐ自分から出ていくわ。つかまったら、何をされ

るか、わからないもの」

ルビーは、ミスターP《ピー》をぐぐっとおしのけ、なんとか、もぞもぞとドアの前まで行った。急いでかぎをあけ、レオを乗せたベビーカーを、安全な室内にすばやくひきいれる。それから、げんかんのドアを足でけってしめた。バタンッと大きな音がするかと思ったのに、ボスッというやわらかな音とともに、ドアがはねかえってきた。見ると、ドアのすきまから、毛むくじゃらの大きな前足がひとつ、差《さ》しこまれている。

ルビーは、それに両手でつかみかかった。全力でクマの前足を**おしだそう**としたけれど、クマのほうでも**おしかえして**くる。力ではとうていかなわず、クマがおしてくるたびに、ルビーの足は、よくすべるゆかを、じりじりとさがっていった。これ以上《いじょう》、どうにもならない。じきに、クマの大きな頭があらわれ、そうなるともう、あっというまに、残《のこ》りの部分も家の中に入ってきてしまった。

どうしよう！　ルビーは、両手をげんこつにして自分のほっぺたをぎゅっとおさえ、なんとか気持ちを落ちつかせようとした。ママは、この家にだれかが来るのを**ものすごく**いやがる。

「シロクマが来ました」なんて、どう考えても、いえるはずがない。だけど、いくら考えても、クマを追いだす方法《ほうほう》はなさそうだし、どこかにかくすことも、できそうにはなかった。このマンションはせまくて、人間三人でもちょっときゅうくつなくらいなのに、シロクマが入ってくるなんて。

ミスターP《ピー》は、あたりを見まわし、スーツケースをゆかにおろした。それから、まっすぐリビングに入っていくと、まどのそばに気に入った場所を見つけたらしく、そこでまるくなった。

「ルビー？」ママが、ベッドの中から声をかけた。「ルビー、帰ったの？」

「ただいま、ママ」ルビーは平静《へいせい》をよそおった。

「いま何時かしら？　起きたほうがいい？」

「それより、新しい家をさがしたほうがいいかな。ちょっとせまくなっちゃったから」

「え？」

「なんでもない。気にしないで。ママは、ねてていいよ」

ルビーは、ぼうしをぬいで、かみを指でとかすと、この問題をぱっとかいけつできる方法《ほうほう》はないかと、考えをめぐらした。けつろんは、すぐに出た。ぱっ、とだろうがなんだろうが、いきなりシロクマが家にやってきたとき、どうすればいいかなんて、わかるわけがない。とにかく、その場その場をできるだけうまくしのいで、シロクマがいることをだれにも気づかれないようにするしかない。そんなこと、できそうもないけど！

レオがぐずりだし、ベビーカーから出ようと、じたばたしはじめた。

「シィイ、レオ、静《しず》かに」

ルビーは、ベビーカーのベルトをはずしてやった。

「いまはまだ、ママにこっちに来てほしくないの」

でも、おそかった。ママは、だるそうに部屋から出てくるところだ。あくびをし、まぶしそうに目の上に手をかざして、お日さまの光をさえぎっている。ママは、まどべに歩いていくと、そこにあったいすに、こしをおろした。

「マンマンマンマン」

レオが、かたことでママをよんだ。ママは両手を差《さ》しだし、ルビーはその手にレオをわたしてやった。レオはママのひざの上に立って、体を上下にゆすっている。ママはにっこりし、そのとき、毛でおおわれた、こんもりした大きな山に気がついた。ママは、きゅっと目をつぶり、もう一度ひらいた。

「あれは何？」

ママの声はうわずって、ふるえている。

「何って？」

ルビーはききかえした。ほかにいうべき言葉が、見つからなかったからだ。

「**あれよ！**」

ママは、ミスターP《ピー》を指差《ゆびさ》した。

「ああ、あれは、ええと……」

ルビーは、くちびるをかんだ。

「一〇〇パーセントまちがいないとは、いいきれないけど、たぶん、シロクマだと思う。ホッキョクグマ」

いってしまった。ママの顔に、とまどいの色がうかんでいる。

「ねえ、ルビー。ママのこと、ちょっとおばかさんだと思ってるんでしょうけど、それ、**本気？** シロクマですって？ そんな手には、ひっかからないわよ」

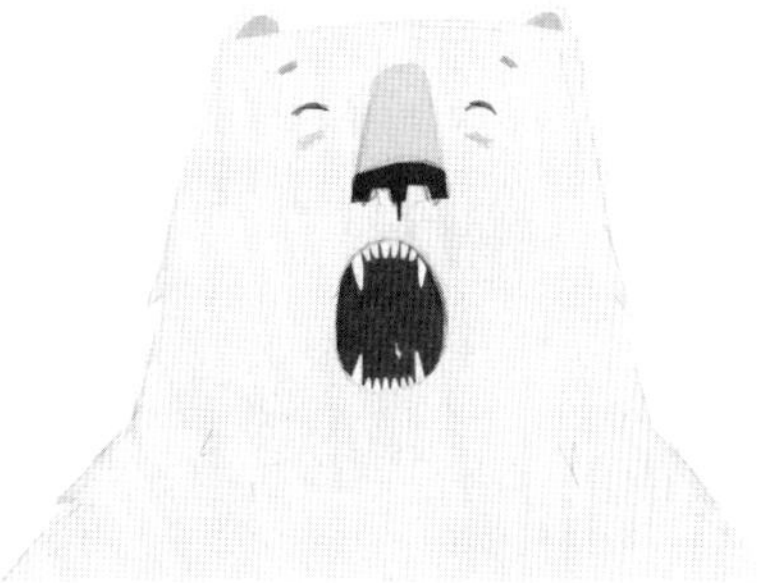

そのとき、ミスターP《ピー》が頭を上げて大きなあくびをし、とがった歯がまる見えになった。

ママは悲鳴をあげて、いきおいよく立ちあがり、ルビーをだきよせた。

「いおうと思ってたの」

ルビーは、万力《まんりき》のような力でしめつけてくるママのうでから、なんとか体をひきぬいた。

「ママ、落ちついて。だいじょうぶだから。わたしにまかせて」

ママの息はすごく速くて、すごくうるさくて、すごくあさい。顔色がまっ青だ。「不安《ふあん》」はママを苦しめている大きな問題で、何よりまず気持ちを落ちつかせることがだいじだった。

「とってもおとなしいクマなの」

ルビーは、ママを安心させるように、いった。

「わたしたちをきずつけたりしない。ほんとよ」

できるだけ、もっともらしい声をつくる。

ママは小さく、小さく、ちぢこまっていき、レオがむずかりはじめた。

「だけど、シロクマがいったい何してるの？　ここで……わたしたちの家で」

それは、ルビーだって知りたい。クマのせいで、よけいややこしいことになってしまった。

「このクマが乗ってた熱気球《ねつききゅう》が公園に着陸《ちゃくりく》して、わたしのあとをついてきちゃったの。それ以上《いじょう》は、わからない」

自分の口から出た言葉とはいえ、こんなおかしな話はないと思う。それでも、つづけるしかない。

「名前はミスターP《ピー》。スーツケースのタグに、そう書いてあったの。ヘーゼルダウン農場ってとこに、行くんですすって」

「スーツケース？　ヘーゼルダウン？」

ママが、すっとんきょうな声をあげた。

ミスターP《ピー》はとびおき、かぎづめのついた前足を上げた。ママは、あわてて、いすからはなれ、かべのほうにあとずさった。

「ここから出てって！」

ママはどなった。こきゅうがあらくなり、ゼイゼイ音をたてている。ミスターP《ピー》の、のどのおくからきこえる、グルルルという低《ひく》いうなり声と、いい勝負だ。

「わかった」

ルビーはきっぱりといって、シロクマとママのあいだに、立った。

「みんな、ちょっと、しんこきゅうしたほうがいいと思う。わたしもね」

ルビーはまず自分がやってみせ、ママとミスターP《ピー》が、しぶしぶのようにまねするのを、見まもった。

「五つすって、五つはくのよ。一、二、三、四、五……一、二、三、四、五……」

息をすうときにうでを上げ、はくときにおろす。ルビーは、それをくりかえした。学校の集会で、校長先生がみんなに「めい想」をさせるとき、いつもそうするのだ。ルビーは、ママとミスターP《ピー》が落ちついたようすになるまで、しんこきゅうをつづけた。

「はい、もういいわ」

ルビーは、いった。

「でも、いったいどうするの？」

ママの声は、まだふるえている。

「シロクマを置《お》いてあげることは、できないわ。だってほら、ここにクマがいるのがばれたら、わたしたち、追いだされちゃうでしょ。そうなったら、住むところがなくなるのよ？　それに、えさはどうするの？　あなたにシロクマの世話ができる？」

息がまた速くなり、ママは泣《な》きだしてしまった。

ルビーは、ママのうでからレオを受けとった。

「ねえママ、ベッドにもどって少しねたら、どうかな？　そしたら、気持ちが落ちついて、気分よくなるんじゃない？　だいじょうぶ。なんとかなるよ。わたしたちが思ってるほど、まずいことじゃないかもしれないし」

「きっと、思ってるよりずっと、まずいことだわ」

そういうママを、ルビーは、ベッドまで連《つ》れていってやり、レオをベビーベッドにねかせて、お昼ねをさせた。

ママのいうとおりかもしれない。家族のめんどうもちゃんと見られないのに、シロクマの世話なんか、できるわけがない。ひとつだけはっきりしているのは、サプライズ・プレゼントがほしいと願《ねが》ったときに、ルビーが思いうかべていたのは、ミスターP《ピー》ではないということだ。

5　魚フライとネックレス

シロクマと出あったショックで、ママはいちばん暗い場所まで、ころがりおちてしまったみたいだ。こうなると、ルビーにできることはあまりない。飲み物を運び、しばらくそばにすわっていてあげたけど、ママは部屋からもベッドからも、出ようとしない。

ルビーは、何かママが食べる気になりそうなものはないかと、冷《れい》ぞう庫《こ》をあけてみた。はしっこがかたくなった古いチーズ。豆には、何か緑色のふわふわしたものが、はえている。ルビーは、牛乳《ぎゅうにゅう》の日にちをたしかめ、ふたをあけてにおいをかぎ、流しに中身をすてた。この暑さで、冷《れい》ぞう庫《こ》はまともに働《はたら》いていない。

こうなったら、方法《ほうほう》はひとつ。スーパーまで、買い物に行くしかない。でないとみんな、うえ死にしてしまう。ルビーは、ママのさいふをさがし、中身を出してみた。三十五ポンド六十三ペンス（五千円ちょっと）。これなら、じゅうぶんといっていい。でも、ミスターP《ピー》はどうしよう？　ママとマンションでるすばんさせるわけには、いかない。となると、買い物に連《つ》れていく以外《いがい》になかった。

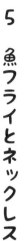

ルビーは、お金をポケットにつっこみ、レオのしたくをした。マンションのろうかに出ると、ミスターP《ピー》は大きなかげのように、ルビーにぴったりついてきた。ルビーは、エレベーターをよぶボタンをおすと、かいだんのほうを指差《ゆびさ》して、ミスターP《ピー》にいった。

「エントランスで待ってるからね」

ピンと音がして、エレベーターのドアがひらいた。ルビーがベビーカーをおして乗りこむのを見たミスターP《ピー》は、自分も乗ろうと、むりやり体をおしこんできた。ルビーとレオは、エレベーターのすみに追いやられ、身動きもできない。

「ちょっと、やめてよ」

ルビーは、目や口に入ってくる毛をよけながら、レオのために、なんとかすきまをつくろうとした。

「この中は、あんたが入れるほど広くないの。シロクマは、かいだんをつかうのよ」

でも、おそかった。エレベーターのドアはもう、しまりかけている。ミスターP《ピー》が、

ガオーッ！ とほえた。それはこまくがやぶれそうなくらい大きな声で、エレベーターはびりびりふるえた。ドアがひとりでにひらき、ミスターP《ピー》はクーンと鼻を鳴らして、おしりのほうを心配そうにふりかえった。ルビーからは、ミスターP《ピー》の毛がじゃまになって見えないけれど、たぶん、

まるっこいしっぽが、ドアにはさまれたのだ。

「だから、乗れないっていったでしょ。ほら、おりてちょうだい」

だけど、ミスターP《ピー》はおりようとはせず、さらに体をおしこんできた。

「わかったわよ、なら、今度はおしりをひっこめておくのよ」

ルビーは、手さぐりで一階のボタンをおした。ドアがしまり、エレベーターはガタンガタンと、ものすごい音をたてて、動きだした。クマの体重って、いったい何キロくらいあるんだろう？　このおんぼろエレベーターは、それにたえられるだろうか？　ルビーの不安《ふあん》をよそに、エレベーターはどんどんおりていく。ミスターP《ピー》は、階数をしめす表示《ひょうじ》のランプが動くたびに、黒いひとみをぱちぱちさせた。ガリガリと音がして、エレベーターが一階についた。いっしゅん間をおいて、ドアがひらいた。

「おりて」

ルビーは、いった。でも、ミスターP《ピー》にはべつの考えがあったようで、かぎづめをのばして、いちばん上のボタンをおした。

「何すんの！」

ルビーがさけんだときにはもう、エレベーターは、上にもどりはじめていた。

「遊んでるわけじゃないのよ」

エレベーターはどんどん上がっていく。ミスターP《ピー》は、にーっと笑《わら》いながら体をもぞもぞさせている。

二十六階についたところで、ルビーはまた❶のボタンをおした。

エレベーターは一階におり、また上がって、おりて、また上がった。どうしようもない。ミスターP《ピー》がボタンをおすのはとめられないし、ミスターP《ピー》が出てくれなければ、ルビーもレオも、身動きがとれない。このまま一日じゅう、こんなことをつづけるしかないのだろうか。

いちばん上の階まで行って帰ってを三回くりかえしたところで、ルビーは足をふみならした。

「いいかげんにしてよ、ミスターP《ピー》。もうたくさん！　やめてちょうだい！

さっさとおりて！」

それでも、ミスターP《ピー》はすました顔で、かぎづめを二十六階のボタンの上にのばした。

「だめ！」

ルビーは、声をはりあげた。

「だめだめだめ、だめったら、だめ！」

ルビーはミスターP《ピー》をにらみつけ、ミスターP《ピー》はルビーをにらみかえした。

「わたしといっしょにいたいんなら、ルールってものも、少しはわかってちょうだい」

にらみあいは、ちょっとのあいだ、つづいたものの、とうとうミスターP《ピー》もあきらめ、ごそごそあとずさりして、エレベーターをおりた。ルビーは、足音あらくエレベーターから出ると、外の通りを歩きだした。ミスターP《ピー》は、おとなしくあとをついてくる。ふだんスーパーに行くときは、バスをつかうのだけど、クマを乗せてもらえるかどうか、わからなかったので、今日は歩いていくことにした。お日さまがぎらぎら照《て》りつけるし、スニーカーを通して、歩道の熱《ねつ》もつたわってくる。かわいそうに、レオの顔は、暑さでイチゴのように赤い。ミスターP《ピー》の歩く速さも、だんだんゆっくりになっていく。スーパーにつくころには、みんなぐったりだった。でも、そんなことは、たいした問題じゃない。

ルビーは、お店の入り口の注意書きを、見つめた。

もうどう犬以外《いがい》の犬を連《つ》れての入店は、ごえんりょください。

ミスターP《ピー》はもう、店の中に入りかけていて、とめることはできそうもない。ルビーは、もう一度注意書きを見た。書いてあるのは、犬のことだけだ。

シロクマがだめだとは、ひと言も書いてない。ルビーは、ショッピングカートを一台出して、ミスターP《ピー》のあとを追った。

「ミスターP《ピー》、カートをおして。おかしなまねは、ぜったいしないでね」

出だしは順調《じゅんちょう》だった。バナナ、ジャガイモ、シリアル、パン。

ミスターP《ピー》がカートをおし、ルビーは値《ね》ふだをチェックしては、お金がたりなくてこまることがないように、買い物メモにそれぞれの値《ね》だんを書きくわえていく。コーヒー、牛乳《ぎゅうにゅう》、リンゴジュース、チーズ、パスタ、トマトのかんづめ、ベビーフード。ルビーは、ほっとして、ため息をついた。あとは、冷《れい》とう食品のコーナーだけだ。

「つぎは、お魚のフライ」

ルビーは、メモを読んだ。

冷《れい》とう食品コーナーが近づくと、あたりがすずしくなってきた。

ミスターP《ピー》は、大型《おおがた》の冷《れい》とうケースに体をすりつけるようにして歩き、

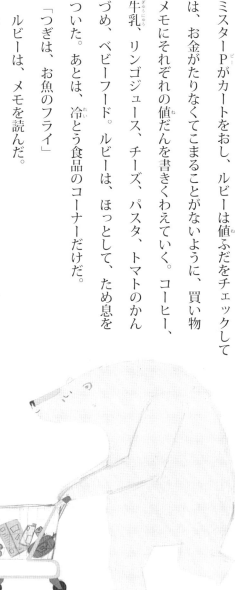

ケースのふちに鼻を近づけて、ひんやりした空気をすいこんだ。ルビーは、いろいろなメーカーの魚フライを手にとっては、値《ね》だんと入っている量をくらべていた。計算はあまり得意《とくい》ではないので、ちょっと時間がかかる。そのすきに、ミスターＰ《ピー》が冷《れい》とうケースにずぼっと頭をつっこみ、魚フライの大きな箱をくわえて、顔を出した。

「それは買わない」

ルビーは箱をとりあげ、ケースにもどした。

ところが、ミスターＰ《ピー》はべつの箱をとり、またべつのをとり、ついには、大きな前足ですくえるだけすくって、つぎつぎにカートの中にほうりこんだ。そのペースは、どんどん速くなっていく。カートには魚フライの箱が山積《やまづ》みになり、乗りきらないぶんが、ゆかにすべりおちた。ルビーは必死《ひっし》で箱を冷《れい》とうケースにもどそうとしたけれど、ミスターＰ《ピー》のスピードには追いつけない。あっというまにケースの半分がからになり、そこでようやく、ミスターＰ《ピー》は魚フライをとるのをやめた。

「満足《まんぞく》した？」

ルビーがきいた。すると、ミスターＰ《ピー》はカートを横にけっとばし、毛むくじゃらのうしろ足を上げて、冷《れい》とうケースのふちをまたいだ。さらにもう一本、足を入れる。

ルビーは青くなった。
ミスターP《ピー》は、
さっきまで
魚フライが
入っていた
場所に、
すっぽり
全身を
入れて
しまった。

ミスターP《ピー》のまわりで、湯気のように白い、冷《つめ》たい空気が、うずをまくように立ちのぼっている。

ミスターP《ピー》は目をとじ、おなかを下にしてねそべると、「フンン……」と、大きく鼻を鳴らした。

どうする？　どうしたら、いいの？？？？？　レオは笑《わら》い声をあげ、自分もベビーカーから出て冷《れい》とうケースに入ろうと、じたばたしている。ルビーは必死《ひっし》に、気持ちを落ちつけようとした。

すぐに、ちょっとした人だかりができ、やがて大きな人の輪《わ》ができた。店長さんもよばれた。店長さんは、さっそうとやってきたものの、冷《れい》とうケースの中をのぞくと、一気に青ざめてしまった。何度か口をひらいたけれど、すぐに言葉がつっかえてしまう。店長さんはせきばらいをして、どうにか落ちつきをとりもどした。

「このシロクマの**かいぬし**のかたは、いらっしゃいますか？」

だれも、こたえない。ルビーだって、「かいぬし」とよべるような立場ではない。ミスターP《ピー》は、ルビーのものではないのだから。ルビーの家に

勝手におしかけてきて、こうして買い物についてきてはいるけれど、ミスターP《ピー》は、

ペットじゃない。

「どなたか、このクマをお連《つ》れになったかたが、いらっしゃるはずです。シロクマが、どこからともなく、わいて出るわけはないですからね」

店長さんが、もう一度きいた。

「わたしについてきたんです」

ルビーは、小声でいった。

「でも、わたしのクマじゃありません」

みんなの目が、いっせいに、ルビーにそそがれた。こんなふうに注目をあびるのは、すごく苦手だ。

「このクマを、店から連《つ》れだしてくれないか」

店長さんは、ルビーにいった。小さな赤い手帳に、せわしなく何かを書きこんでいる。

「スーパーマーケットに――動物を――持ちこんでは――ならない。わかったね？」

店長さんは手帳をめくり、つぎのページにも、何か書きはじめた。

「シロクマもふくむ……」

店長さんは、えんぴつで頭をかき、「……たぶんね」と、いった。

お客さんたちもうなずき、した打ちをしたり、「だめに決まってるわ」などといったりした。だれも、ルビーの味方にはなってくれない。ミスターP《ピー》は、かたほうだけ目をあけ、またとじると、グリンピースの大きなふくろの下に、頭をかくしてしまった。店長さんは、むねをそらせ、ミスターP《ピー》に話しかけた。

「おい、そこのきみ。わたしの冷《れい》とうケースから出て、わたしの店からも、出ていってくれたまえ。でないと、こちらも、それなりの手を打たざるをえなくなるよ」

ミスターP《ピー》は、大きないびきをかきはじめ、店長さんのいかりも、ますます大きくなっていく。笑《わら》いごとじゃないのはわかっていたけれど、こらえようとしても、
笑《わら》いださずにいられない。

「かわいそうに」

ルビーの横で、声がした。

「よっぽど暑かったのね。シロクマは、こんな天気にたえられる体をしてないもの」

となりには、おばあさんがいた。くるくるカールした、しらがまじりのかみを、うしろでたばね、

カラフルなスカーフでまとめている。むなもとには、あざやかなオレンジのネックレス。その顔には見おぼえがあったけど、いま、そのことを考えているひまはない。店長さんは、ルビーのショッピングカートに入った魚フライの箱を、いっしょうけんめい数えている。

「この商品はぜんぶ、買いとってもらえるだろうね？」

店長さんは、紙にさらさらと数字を書きこんだ。

「クマがさわったとあっちゃ、もう売り物にはならないからね」

お客さんたちも、うんうんと、うなずいた。

ルビーは、目をまるくした。これぜんぶなんて、とてもじゃないけど、はらえない。それだけのお金を用意しようと思ったら、きっと何週間も、何か月も、かかるにちがいない。はらえないとわかったら、どうなるだろう？　けいむ所に入れられるだろうか？　はっきりいって、冷《れい》とうケースの中にミスターP《ピー》がいるのは、ルビーのせいじゃない。ルビーがケースに入れたわけではないのだ。むねの

中が、かーっと熱くなってきた。自分ではどうにもならないことに出あうと、いつもこんな気持ちになる。

「じろじろ見てんじゃないわよ！」

ルビーはどなると、ゆかに落ちていた魚フライの箱を、二つ三つけとばした。

「あんたたちには、関係《かんけい》ないでしょ。人のことはほっといて、自分の買い物をしたらどう？」

するとみんな、もんくをいったり、はらをたてたりしながら、あたふたとその場をはなれていった。

あとに残《のこ》ったのは、オレンジのネックレスをしたおばあさんひとり。

「おみごと」

おばあさんは、ささやいた。

「世間なんて、あんなものよ。ああいう人たちは、すぐ他人のことをとやかくいうの。だけど、もし自分がぎゃくの立場だったら、どうするかしらねえ」

ルビーはミスターP《ピー》に目をやり、頭をふった。自分はこのあと、どうすればいいのだろう？

「何かお手伝《てつだ》いしましょうか？　ひとりより、ふたりのほうが、うまくいくこともあるわ」

おばあさんは、茶色いひとみをきらきらさせ、親切そうなほほえみをうかべている。

「だいじょうぶです。自分でなんとかしますから」

ルビーは、ちらばった魚フライの箱をひろって、冷《れい》とうケースに投げいれた。まぬけな店長のいったことなんか、どうでもよかった。

「ヘーゼルダウンで、あなたを見かけたことがある気がするわ。うちの上の階に住んでる子でしょう？　わたしはモレスビー。お会いできて、うれしいわ」

モレスビーさんは、手を差《さ》しだした。ルビーは、まよった。ルビーもこのおばあさんを見かけたことはあるような気がするけれど、知らない人とは話さないようにいわれているし、あくしゅをするつもりは、さらさらなかった。

「わたしなら、あなたのクマを――」

「あなたはわたしじゃないし、あれはわたしのクマじゃないから！」

ルビーはどなった。どうしてみんな、人のことに首をつっこもうとするんだろう。

「わかったわ」と、モレスビーさんはいった。

「とりあえず、クマはこのまま冷《れい》とうケースですずませておいて、先にお金をはらってきたほうが楽かなと思っただけよ。どうやってこの子を家まで送っていくかは、それから考えましょう。だけど、この子はどこに住んでるの？」

「知るわけないじゃない」

ルビーは、けんかごしだ。

「うちのゆかで、ちょっとのあいだ、ねてたけど、だからって、うちに住んでるわけじゃないわ。それに、魚の代金は、はらえません。わたし、そんなにお金持ってないもの」

「そう……。だったら、少しかしてあげましょうか？」

ルビーは、信《しん》じられないという顔で、モレスビーさんを見た。

「じょうだんでしょう？　お金をおかりする気はありません。だって、これは、このクマの問題だもの。わたしには関係《かんけい》ない。わたしは帰ります」

ルビーは、レオのベビーカーをおし、店から走りでた。ショッピングカートと、シロクマと、あっけにとられているモレスビーさんを、あとに残《のこ》して。

6 ひみつとうそ

こっちをじろじろ見る顔ばかりのスーパーマーケットをはなれると、いかりはしぼみ、だんだん申しわけない気持ちになった。モレスビーさんは、手をかそうとしてくれただけだ。あんな失礼《しつれい》なたいどを、とるんじゃなかった。だけど、ルビーはだれの世話にもなりたくないのだ。これまでも、手をかそうとしてくれた人は、たくさんいた。パパが出ていったときや、ママがはじめて悲しみにおしつぶされてしまったときに。でも、それで何かよくなったためしはない。ルビーの見るかぎり、だれかの助けをかりれば、むしろ、物事は悪いほうに向かうだけだ。

ルビーは、ベビーカーをおして、バス停《てい》のほうに歩いていった。ばかなシロクマのせいで、やっかいごとはふえるばかりだし、食べ物はまだなんにも買えていない。ただ、少なくとも家まで歩く必要《ひつよう》はなくなった。今日みたいによく晴れた日にバスにゆられていると、パパのことを思いだす。夏休み、ママは仕事があるので、ルビーはいつも、あちこちの大会に出るパパにくっついていった。パパが勝った日は、帰り道、**うれしくて、天にものぼる心地。**

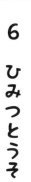

パパのむすめであることが、ほこらしかった。でも、もうそんな気持ちになれることは、めったにない。ルビーは、ジェイさんのお店のそばでバスをおりた。必要《ひつよう》なものは選《えら》んだが、それ以上《いじょう》は買わない。ジェイさんのことは好《す》きだけど、この店は、ちょっと値《ね》だんが高いのだ。

「待ってたんだよ」

ジェイさんは、買い物かごの商品をレジに通し、ルビーが持ってきたバッグに入れていく。

「きみの好《す》きなざっしを、一冊《さつ》とっといたんだ。もういらないやつだけど、先月のだから、まだ古くはないからね」

ジェイさんは、カウンターの下から『ボード・トーク』というざっしを出して、ルビーにわたした。表紙のスケートボーダーの写真を見ただけで、ページをめくりたくて、指がうずうずする。ルビーは、ベビーカーのせなかのところに、ざっしをつっこんだ。

「ありがとう」

ジェイさんは、最後《さいご》の品物をレジに通し、ルビーのバッグに入れた。

「お母さんのぐあいはどうだい？」

「元気です。仕事してます。おじさんも知ってるでしょう？」

「うーん……。お母さんが仕事場にいるところは、もう長いこと見てないけどなあ。いつもしまってる気がするよ。じつは、うちの車を直してもらいたいんだ。今朝《けさ》のことなんだが、交差点《こうさてん》で、ほかの車とちょっともめてね。何かでっかい動物が道に出てきたせいで、大こんらんになって、あげくに、うちの車の前の部分が、つぶれちまったってわけさ」

ルビーは、ほおが熱《あつ》くなるのを感じた。ジェイさんにお金をわたし、おつりを待つ。考えたくはないけれど、道に出てきた動物というのは、たぶんシロクマだ。ジェイさんがママに仕事をたのみたいという話も、いいニュースではない——少なくとも、ジェイさんにとっては。そういうしゅうりにかけては、ルビーのママは、すばらしいうでを持っている。きずやへこみを直して、まるで新品みたいにしあげる。だから、仕事にこまることはぜんぜんなかったけれど、ママは、仕事場に足をふみいれることがなくなった。パパが出ていってからだから……もう一年近くになる。

「つたえておきます」

ルビーは、おつりをポケットにしまいながら、いった。

「でも、ここのところ、ママはすごくいそがしいの」

ルビーはうそをつくのに、なれてしまった。ルビーは、みんなにうそをつかなくてはならない。ジェイさんに、学校に、会う人みんなに。ママのかかえている問題については、だれにも、ほんとうのことを話すわけにいかない。ママはいうのだ。みんながみんな、わかってくれるとはかぎらないし、ママのぐあいがすごく悪いと思ったら、その人たちは、ルビーとレオを、ママからひきはなすかもしれない。そうすると、家族はそれっきり、はなればなれになってしまうかもしれない、と。そんなことになるのは、ぜったいにいやだ。

ルビーは、かた手にいま買った品物が入ったバッグを持ち、かた手でレオのベビーカーをおし、苦労《くろう》して、ジェイさんのお店を出た。外には、ジェイさんの車がとめてある。きいたとおり、前のところがつぶれていた。あのシロクマには、あきれる。たった一日で、よくこんなにトラブルを起こせたもんだ。

いまごろ、ミスターP《ピー》はどこにいるのだろう？　もといた場所にちゃんと向かっていればいいけど……**もし**そうじゃなかったら……。

家の近くまで来たとき、マンションの前に、スーパーの配達《はいたつ》のトラックがとまっていることに、気がついた。トラックのうしろのとびらがあいて、ミスターP《ピー》がぴょんと、とびおりたかと思うと、すぐあとから、モレスビーさんがおりてきた。ルビーが青くなって見ているうちに、トラックの運転手さんが、魚フライの入ったコンテナを、つぎつぎとおろしはじめた。

かくれなきゃ。気づかれないように、そうっとわきを通って、うまくエレベーターに乗ることはできるだろうか？　まよっているうちに、モレスビーさんに見つかってしまった。

「うまくいったわよ」

モレスビーさんが、服のしわを直しながらいった。

「いったい、どうなってるんですか？」と、ルビーはきいた。

「とにかく、このクマさんをお店の外に出さなきゃならなかったでしょ？　そしたら、お店の人が、魚フライの代金をはらえば、商品とシロクマをただで運んでくれるって、いいだしてね。でも、ミスターP《ピー》が車に乗るのをいやがったから、いっしょに乗ってあげることにしたの。なかなかの旅だったわよ」

「お金、はらっちゃったんですか？」

ルビーはあわてた。こんなもの、ぜんぶ持って帰ってもらわないと。代金がいくらになるかなんて、考えたくもない。ルビーは、つかつかと運転手さんのところまで行って、こういった。

「すみませんが、いま持ってきてくださったもの、必要《ひつよう》ないんです。ぜんぶ、持って帰ってください。できれば、クマもいっしょに」

「あのクマを、またおれの車に乗せるなんて、ごめんだよ。こんなにこわい思いをしたのは、生まれてはじめてだ。それに、買い物の代金は、もういただいてるからね」

運転手さんは、**バン！**　と大きな音をたてて、うしろのとびらをしめると、運転席《うんてんせき》に乗りこみ、思いきりアクセルをふんで、走りさった。

ルビーは、歩道に置《お》かれた冷《れい》とう魚フライの山を見つめ、遠くに消えていくトラックを見おくった。

「こんなにたくさん、どうしたらいいの？」

ルビーはミスターP《ピー》を見、モレスビーさんを見た。

「うちの冷《れい》とう庫《こ》、調子が悪くて、ぜんぜん冷《ひ》えないのに」

「わたしがあずかってあげるわ」と、モレスビーさんがいった。「うちに、つかってない大きな冷《れい》とう庫《こ》があるの。すてようかと思ってたとこなのよ」

「でも、だれがこれを食べるの？　まさか、ミスターP《ピー》がずっとここにいると、思ってるわけじゃないでしょう？」

「ずっといることに、なるかもよ」と、モレスビーさんは、いった。

ルビーは、落ちついて考えようとした。ここにある食べ物を、ぜんぶむだにするのは、もったいない。だけど、どうやったら、この代金をモレスビーさんに返すことが、できるだろう？　ミスターP《ピー》がいつまでうちにいる気かも、わからないし……そもそも、出ていく気はあるんだろうか？　食べ物をあたえたりしたら、よけいにいつくことになるかもしれない。それは、ほんとにこまる。だけど、何もやらないというわけにもいかない。ルビーは、両手で顔をおおった。どうすればいいか、ぜんぜんわからない。

すると、モレスビーさんがいった。

「そんなに心配することないわ。わたしをたよってくれて、いいのよ」

「同情《どうじょう》ならいりません。もし、そういう気持ちでおっしゃってるなら」

モレスビーさんは、ため息をついた。

「そんなんじゃないの。いやな気分にさせちゃったのなら、ごめんなさいね」

モレスビーさんにかんしゃすべきだということは、ルビーにもわかっている。だけど、もしお金を返すことができなかったら？　いまは、そんな心配など、しているよゆうはない。それをいうなら、
シロクマなんかに、かまってるひまもない。ルビーはため息をついた。

「これを部屋まで運ぶのを手伝《てつだ》ったら、いいですか？」

レオがぐずりはじめた。モレスビーさんは、首を横にふった。

「おちびちゃんとミスターP《ピー》を早く、日のあたらないところに連《つ》れてってあげて。手伝《てつだ》いなら、まごをよんだから、だいじょうぶよ。もうこっちに向かってるから」

モレスビーさんは、早く行きなさいというように手をふったけど、思いだしたように、うしろから

声をかけた。

「ああ、そうだわ、ルビー。あなたのクマがおやつをほしがったら、いつでもうちによこしなさいね」

「わたしのクマじゃありません。

ほんとに、ちがうんです。お気づかいはうれしいですけど」

ルビーは笑顔《えがお》をつくろうとした。だけど、うまくいったかどうか、よくわからない。

「お友だちができたみたいね」

ルビーは、上へ向かうエレベーターの中で、ミスターP《ピー》にいった。ルビーはかたを落とし、さびしそうに笑《わら》った。

「みんな、かんたんに友だちをつくれるのね、わたし以外《いがい》は」

7　けいたい電話と冷《れい》とう庫《こ》

「ルビー・ホルトン、教室でけいたい電話をつかっちゃいけないことは、わかっているでしょう？　あなたにこの話をするのは、これがはじめてじゃありませんよ」

担任《たんにん》のデニス先生は、さっと手をのばして、ルビーのつくえから、けいたい電話をとりあげた。ルビーは、ママからのメールを読むひまもなかった。

「けいたい電話の使用には、きょかがいります。決まりは知ってるわよね？」

「でも、きょかなら**もらいました。**前に、いいましたよね？　先生もちゃんと、かくにんしたじゃないですか」

「授業中《じゅぎょうちゅう》につかうことを、きょかしたおぼえは、ありません」

「でも、母からのだいじなメールかもしれないんです」

「お母さんにとって、あなたがみんなのように勉強に集中すること以上《いじょう》に、だいじなことなんて、ないんじゃないかしら？」

ルビーはとてもつかれていて、まったく集中力がなくなっている。昨夜《ゆうべ》も、ママが心配だったり、ミスターP《ピー》のことや、モレスビーさんにどうやってお金を返したらいいかを考えたりで、半分もねていない。少なくとも、ママはミスターP《ピー》になれてきたようで、今朝《けさ》、だいじょうぶだから学校に行ってらっしゃいと、送りだしてくれた。だけど、ママの「だいじょうぶ」とルビーの考える「だいじょうぶ」は、ぜんぜんちがう。それで、何かあったらメールするよう、約束《やくそく》させたのだ。

ルビーは、教科書をつくえにバンッと、たたきつけた。

「やめなさい。お母さんと話すのは、帰ってからでいいと思うわよ」

先生には、わからないのだ。デニス先生は、なんにもわかってない。目の前の算数の教科書に集中しようとするけれど、ページがぼやけて、何ひとつ頭に入ってこない。ルビーは目をこすった。

「泣《な》き虫」

ケリーが、ぼそっといった。

「泣《な》いてなんかない」

ルビーはいいかえした。

「泣《な》いてるくせに」

もうたくさん！　心の中の心配事が、ぐらぐらふっとうして、燃《も》えるようないかりに変《か》わった。ルビーは算数の教科書をとると、ケリーに投げつけた。

ケリーが悲鳴をあげ、教室のみんなは、おどろいて息をのんだり、げらげら笑《わら》ったりした。

デニス先生は、ルビーを長いこと、じーっと見つめ、それから、教室のドアを指差《ゆびさ》した。

「ルビー、勉強道具を持って、ろうかに出なさい」

ルビーは教室を出て、ろうかに置《お》いてある、いつものつくえに向かった。ルビーはしょっちゅう、ばつとして、ろうかに出される。むしろ、ここにひとりでいるほうがいいと、思うこともある。

もちろん、休み時間には、デニス先生とケリーに、あやまらなくてはならなかった。ルビーはケリーが大きらいだけど、教科書をぶつけたのは、悪かったと思っている。その日は、もうだれも、

ルビーのとなりにすわろうとはしなかった。みんな、ルビーをさけるようにして、ひそひそ、ささやきあっている。

帰る時間になって、けいたい電話を返してもらいにいくと、けいたいは電池切れになっていて、メールをチェックすることもできなかった。なるべく早足でマンションまでもどって、エレベーターで二十三階まで上がり、げんかんのドアをあける。

ひと目で、ひどいことになっているのがわかった。

部屋の中は、暑くて息苦しかった。レオは、ベビーサークルのさくにつかまって、立っている。その顔は、なみだと鼻水でぐしょぐしょだ。ぬれたおむつが重みでずりおち、短い足のとちゅうに、ぶらさがっている。ミスターP《ピー》は、おろおろと、部屋の中を行ったり来たりしている。でも、ママのすがたはどこにもない。

ルビーは、ママの部屋のドアをあけた。まっ暗だ。こんなときは、おそろしくてたまらない。これは、最悪《さいあく》のじょうきょうだ。

「ママ？」

返事がない。

「ママ？　ママ！」

ミスターP《ピー》がやってきて、ルビーのかたに前足を置《お》いた。大きな足。なんだか、ほっとする。

「起きて、ママ」

ルビーは、さっきよりやさしく、よびかけた。

きこえるかきこえないかの声で、ママがこたえた。

「どこにいたの？　電話したのよ」

一気にきんちょうがとけ、ルビーは目をとじた。

ママを起こすことができないときは、いつもパニックになってしまう。

「デニス先生に、けいたい電話をとりあげられたの。でも、もう心配いらないよ。わたしが帰ってきたからね」

レオがおこって泣《な》く声がはげしくなり、ママは、両手で耳をふさいだ。

「レオのめんどう見てくるね。きっと、おなかすいてるんだと思う」

ママがこんなじょうたいのときは、何をしてもむだだとわかっている。いちばんいいのは、ほかのことをぜんぶやってあげ、できるだけママを休ませてあげることだ。

ルビーはベランダに通じるドアをあけ、レオをだきあげた。

「くちゃいねえ」

ルビーは、弟のおなかをくすぐった。

ミスターP《ピー》は、両方の前足で鼻をおさえ、顔をそむけた。そのあいだに、ルビーはレオのおむつをかえてやる。それから、赤ちゃん用のいすにすわらせ、ベビーマグとベビーフードをおいてやった。

ミスターP《ピー》のおなかが、グルグル鳴った。

「あんたも、おなかぺこぺこなのね」

ルビーはため息をついた。モレスビーさんのところに行って、ミスターP《ピー》に冷《れい》とう庫《こ》の中をあさらせるよりほか、方法《ほうほう》はない。

レオのごはんがすむと、ルビーは、ママのさいふに残《のこ》っているお金を、数えた。それから、レオとミスターP《ピー》を連《つ》れて、二十二階におりた。どの部屋がモレスビーさんの家なのか、ルビーにはよくわからなかったけど、ミスターP《ピー》はゆかのにおいをくんくんかぎながら、自信《じしん》まんまんで、２２３号室の前まで歩いていった。

「ここで合ってるといいけど」

ルビーは、ブザーを鳴らした。

「ちがってたらたいへんなことになるわよ」

ドアがあき、ルビーは、むねをなでおろした。モレスビーさんだ。満面《まんめん》に笑《え》みをうかべている。

「よく、ここがわかったわね！」

「ミスターP《ピー》が見つけてくれたんです」

「海でえさをとるのになれてたら、マンションで自分の魚フライをさがすくらい、きっと、たいしてむずかしいことじゃないのね」

モレスビーさんは、大きな声で、明るく笑《わら》った。

「さあ、中へどうぞ」

ルビーはまよった。モレスビーさんのことは、よく知らないから。でも、ミスターP《ピー》がうしろから鼻で強くおしたので、ルビー

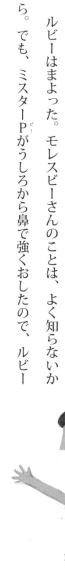

はよろけ、気づいたら、モレスビーさんの家の中に入っていた。ルビーは、ミスターP《ピー》をにらみつけた。あとでもんくいってやらなきゃ。

モレスビーさんの家の中は、どこも明るい色づかいで、きちんとかたづいていた。モレスビーさん自身と同じだ。どこを見ても、たくさんの写真がかざってあって、あたたかいふんいきが、ただよっている。ルビーの目は、スケートボードをしている男の子の写真に、すいよせられた。トリック――たぶん、キックフリップというわざを、やっているところだ。

モレスビーさんは、ルビーが見ているものに気がついた。

「わたしのまごよ。スケートボードにむちゅうなの」

その子をねたむ気持ちが、のどのあたりで小さなかたまりになって、つかえているような感じがした。

「すみません。あんまり時間がないんです。ミスターP《ピー》に食べ物をもらえますか？」

ミスターP《ピー》は、台所のドアのそばで待っていた。冷《れい》とう庫《こ》のすぐ横のところだ。早くくれないかなあ、という顔で、モレスビーさんを見つめている。

「いくつあげたら、いいかしらね？」

モレスビーさんがルビーにきいた。ミスターP《ピー》の目が、魚フライの山の上でおどっている。

「八つぶんしか、お金がないんです。八つでたりると思いますか？」

「今日のところは、たぶんね」

モレスビーさんは、また笑《わら》った。

「お気の毒《どく》だけど、いまにわかるわよ、シロクマがどんなに食べるか」

モレスビーさんは、冷《れい》とう庫《こ》から魚フライを八箱出して、中身を大きなプラスチック容器《ようき》にあけた。

「あっためなくていいの？」

ルビーがきくと、モレスビーさんは「だいじょうぶでしょう」とこたえた。

「シロクマは、寒さにも氷にも、なれてるわ。好《この》みには、とくにうるさくないみたいよ」

ミスターP《ピー》は、もうプラスチック容器《ようき》に鼻をつっこんでいる。それから、魚フライをぽーんとほうりあげ

ると、口でキャッチした。ルビーとモレスビーさんは目をまるくし、レオはパチパチはくしゅした。

ミスターP《ピー》は、同じことを、くりかえしやってみせた。

「なかなかの芸達者《げいたっしゃ》ね、あなたのクマさんは」

モレスビーさんがいうのをきいて、ルビーはうで組みをした。

「あら、ごめんなさい。この子は、**あなたのクマじゃやないのよね**」


今日は長い一日だった。だけど、いろいろあったにせよ、モレスビーさんのところに来てみると、すごく楽しくて、心のどこかで、まだ帰りたくない気がしていた。それでも、ママをいつまでも、ひとりにはしておけない。ママだって、何か食べないと——それに、そうじもしなくちゃ——レオをねかさないといけないし——宿題だってある。いつだって、やらなければならないことが、山ほどあった。ルビーは、モレスビーさんにお礼をいうと、かいだんをつかって、家にもどった。

ルビーは、ママにサンドイッチと紅茶《こうちゃ》を持っていき、しばらくレオといっしょにそばにいてあげた。ママは紅茶《こうちゃ》をすすっただけで、サンドイッチには手をつけなかったから、かわりにルビーが、ぜんぶ食べた。それから、ルビーはレオのベビーベッドを、自分の部屋までひきずっていった。こうしておけば、ママは夜中に起こされることもなく、ゆっくりねられる。ルビーが、パジャマにしている古いT《ティー》シャツに着がえ、明日《あした》のためにせいふくをきれいにたたんだころには、すっかり夜もふけていた。あとは、宿題の読書をするだけだ。

ルビーは、本を手にとった。表紙には、『知られざるホッキョクグマのくらし』とある。きっと役にたつと思って、今日の図書の時間にかりてきたのだ。ルビーは、うしろの「さくいん」をめくり、ホッキョクグマと気球について書いてあるページがないか、さがしてみたけれど、見つからないので、最初《さいしょ》のページにもどって、読みはじめた。

「ホッキョクグマは、北極圏《ほっきょくけん》に住んでいます」

ルビーは、小さく声に出して読み、まゆを上げた。**そうともかぎらないわ。**ちょうどそのとき、部屋のドアのかげから、毛のはえた細長い鼻がのぞいた。

「ホッキョクグマは、ひとりを好《この》む動物です」

つづきを読むあいだに、ミスターP《ピー》は部屋の中に入ってきて、ルビーのベッドとかべのあいだに、体をおしこんだ。レオのベビーベッドを置《お》いたのとは、反対側《はんたいがわ》だ。

「ひとりを好《この》む……」

ルビーは、さっきのところをもう一度読み、ミスターP《ピー》を見た。

ミスターP《ピー》は、目をぱちぱちさせ、ルビーのベッドにあごをのっけた。ルビーは、やれやれという顔をし、「今夜はよくねむれそうだわ」といった。

「ひとりを好《この》む動物さんには、このせまい部屋に三人でねるのは、きゅうくつじゃありませんこと？」

ミスターP《ピー》はごそごそ体をゆすって、楽なしせいをとった。

「ふうん」といって、ルビーはまた読みはじめた。

「ホッキョクグマは、雪と氷の世界でくらすのにぴったりの体をしています」

ルビーは、本をおろして、ミスターP《ピー》を見た。

「あんたは、もといたとこから、ずいぶん遠くに来ちゃったのね。何かトラブルでもあったの？　でなきゃ、ここで何してるの？」

ミスターP《ピー》は、まどの外を見た。ミスターP《ピー》のまっ黒なひとみに、はりでつついたように小さな光が、きらきらまたたいている。

「ねえ、知ってる、ミスターP《ピー》？　あんたの目の中に夜空があるよ」

ミスターP《ピー》は、ゆっくり目をとじ、ね息をたてはじめた。ルビーは、ミスターP《ピー》の頭をそうっと持ちあげ、ゆかにおろしてやった。本を読むのは、もうやめた。これには、たいしたことは書いてない。ルビーのほうが、もっとためになることを書ける。

電気を消し、暗い部屋に横たわっても、心の中は心配事でざわついていた。ときどき、心配事がありすぎて、どうしたらいいか、わからなくなる。家では、そんな気持ちを表に出さないよう、気をつけていた。でも、学校では――たとえば、今日みたいな日は――それが一気にあふれだすことがある。まるで、いかりがおたけびをあげるように。その気持ちを、自分ではおさえられなくなってしまう。

「わたしだって、ほんとは、そんなにいやな子じゃないのよ、ミスターP《ピー》。みんな、わたしを悪くいうけど……でも、ちがうの。わかってくれる？」

グォオオオオオ……

ミスターP《ピー》は、大きくいびきをかいた。ねむっているシロクマ相手なら、楽に話せる。相手から返事が返ってくることは、期待できないけど。

ルビーはねむるのをあきらめ、また電気をつけて、ジェイさんからもらった『ボード・トーク』を、手にとった。ページをぱらぱらめくり、わくわくするような写真と記事のあれこれで、気をまぎらせようとしてみる。それでも、いろいろな思いが、むねにうかんできた。パパが、ここにいてくれたらいいのに。わたしもいつか、スケートボードのチャンピオンに、なれるといいな。朝には、ママのぐあいが、よくなっていますように。心配事が何もかも、ぜんぶ消えてなくなるといいのに——いびきをかく、でっかいシロクマといっしょに。

8 ダンスとノック

ピピピ！　ピピピ！　ピピピ！　ピピピ！

目覚《めざ》まし時計の音に、ルビーは深いねむりから、よびさまされた。地しん？　部屋がゆれている。耳もとで、バスッ、バスッ、バスッ、と大きな音がする。ルビーは、時計があるはずの方向に、手をのばした。このふさふさした感じは、なんだろう？　どうして、レオは笑《わら》ってるの？

ゆっくり目をあけると、まぶしい光が目にとびこんできた。わあ、びっくりした！　ほんとに、まだシロクマがうちにいるんだ。シロクマは、ルビーのベッドのはしにこしかけて、前足で目覚《めざ》まし時計をバシバシたたいていた。レオは、ベビーベッドのさくにつかまって、体を上下にゆすり、けらけら笑《わら》いつづけている。

ルビーは、目覚《めざ》まし時計をとりあげようとした。

「やめてよ！　まだ六時半なのよ！」

ミスターP《ピー》は、こわれた時計をゆかに落とした。ルビーは、ふとんを頭までかぶって、数回しんこきゅうし、それからごそごそベッドをおりた。なんだかめちゃくちゃな自分の部屋を出て、ママのようすを見にいく。

「おはよう、ママ」

ルビーは、なるべく陽気な声をつくり、カーテンをあけた。

「今日は、すっごくいい天気だよ」

ママは動く気配がない。起きているのはたしかだけど、ルビーのことなんか目に入らないように、じっとかべを見つめている。ルビーは、ときどき思う。ママの頭の中をのぞけたらいいのに。何かいってくれたら、力になれることがあるかもしれないのに。何もできないむなしさがおしよせ、おぼれてしまいそうになりながら、どうするのがいちばんいいかを、必死《ひっし》に考えた。

「お医者さんに来てもらったほうがいい？」

ママは首をふり、手さぐりで、ルビーの手をにぎった。ママのほおを、なみだが静《しず》かにつたっている。

「よばなくていいわ。すぐよくなるから。心配しないで」

心配するな？　**心配するなって？**　ルビーは、どなりつけたい気持ちを、ぐっとおしこめた。これのどこが心配いらないんだろう？

「わたし、今日は家にいるね。ママのパソコンから、学校にメールしていい？　今度もぐあい悪いってことにしとくよ」

ママはうなずいた。ルビーは部屋を出て、ドアをしめた。すると、やっかいごとにふたをしたような気分になった。くすん、くすんと、レオがべそをかいている。ルビーはレオをベビーベッドから出し、だっこしてやった。

「泣《な》かないで」

ルビーは小声でいった。

「お姉《ねえ》ちゃんが、めんどう見てあげるからね。約束《やくそく》する。約束《やくそく》するよ。レオもわたしも、ずっとママといっしょにいられるようにする。だれにも、じゃまさせない。だいじょうぶだからね」


そのときだ。

もしゃもしゃ毛のはえた、
大きなうでが二本
のびてきて、
ルビーとレオを
ぎゅうっと、
だきしめた。
ふっと気持ちが
ゆるみ、いっしゅん、
ルビーも泣《な》きだしそうに
なった。

だけど、自分をあわれんでいるひまはない。ルビーは、ミスターP《ピー》をおしのけた。

「暑苦しいなあ、もう」

ルビーは、せきばらいをした。

「やることがたくさんあるの。ほら、手伝《てつだ》ってちょうだい」

ルビーはレオを、ミスターP《ピー》の二本の前足のあいだに、おしこんだ。レオは、ミスターP《ピー》の鼻の先っぽを、つかもうとしている。ミスターP《ピー》は、すぐにその遊びをりかいして、レオの相手をしてやった。ふたりのようすに、ルビーも、ほおがゆるんだ。

さて、今日の欠席《けっせき》の理由はなんにしよう。病院の予約《よやく》があるとか、歯医者さんに行くとかいうのは、もうつかったし、おばあちゃんが病気だとか、水ぼうそうにかかったとかいう手もつかった。ぜんそくになったことにしようとしたこともあるけれど、先生に吸入器《きゅうにゅうき》のことをあれこれきかれて、こまってしまった。ルビーは、ママのノートパソコンをひらいた。

あて先：セント・トーマス小学校

件名：欠席届《けっせきとどけ》（ルビー・ホルトン）

ルビー・ホルトンですが、今日からしばらく、学校を休ませてください。熱《ねつ》が高く、薬を飲ませたところです。ほかのお子さんにうつすといけないので、完全《かんぜん》になおってから、登校させたいと思います。

リサ・ホルトン

ルビーは、メールの文面を読みかえし、もう一度読みかえして、送信《そうしん》をクリックした。うまく書けたと思う。学校はこんなの、ひと言だって信《しん》じないかもしれない。だとしても、どうにもできないはずだ。熱《ねつ》が出たというのは、最高《さいこう》の口実だった。これだけで、二、三日休む理由になる。博物館《はくぶつかん》の見学に行けなくなるのは、残念《ざんねん》だけど。

ルビーはやかんを火にかけ、朝食のしたくをはじめた。テレビでは、少年がインタビューを受けている。その子はまだ十四さいだけど、サックスがすごくうまくて、路上パフォーマンスが話題になったらしい。それで今度、とくべつな音楽学校に行くことになったそうだ。画面は、そのパフォーマンスのようすに変《か》わった。少年がサックスをふいている。集まった人たちが、少年の足もとに置《お》かれたバスケットの中に、つぎつぎとお金を入れていく。ルビーは、テレビのボリュームを上げた。

ミスターP《ピー》はテレビに耳をつけ、音楽に合わせて、おしりを左右にふりはじめた。

「どいてよ、ミスターP《ピー》。テレビが見えない」

ミスターP《ピー》は二本の足で立ちあがり、ぴよこぴよこはねるようにステップをふむと、しまいにかた足立ちになった。そして、ぐるーんとターンしたとたん、頭を電気にぶつけ、バランスをくずして、ひっくりかえった。

ルビーはあわててとびのき、テーブルから落っこちたマグカップを、空中でキャッチすると、台の上でぐらぐらゆれているテレビをおさえた。

「かんべんしてよ。ちょっと落ちついて。そんなダンス、どこでおぼえたの？」

えんそうが終わり、カメラは、お札《さつ》やコインの入ったバスケットをうつしだした。すごい。この調子なら、この子は大金持ちになれる。しかも、こんなかんたんに。町に出て、音楽をえんそうする。それだけで、お金がじゃんじゃんもうかるのだ。だったら、問題かいけつ！　ルビーも、おんなじことをすればいい！　ただ、ひとつこまったことに、ルビーはサックスがふけない。ほかの楽器《がっき》も。

……そういえば、おじいちゃんのハーモニカは、まだどこかにあるだろうか？　ルビーは、つくえのいちばん下の引き出しをひっかきまわし、黄色のうす紙につつまれたハーモニカを見つけた。

古いハーモニカにそっと息をふきこみ、音を出してみる。ふきながら、左右にハーモニカをすべらせ、今度はちょっと強く、息を入れてみた。レオが両手で耳をおさえ、きゅっと目をつぶった。ミスターP《ピー》は、クッションの下に頭をかくしている。

これじゃだめだ。ルビーはハーモニカを、いすの上にほうった。

コン、コン、コン。

げんかんのドアを、たたく音がした。ルビーはその場に、こおりついた。だれが来てもぜったいあけちゃだめと、ママはいつもいっている。その人がどんな人か、わからないからだ。

コン、コン、コン。さっきより大きな音がした。

ルビーは、ドアの前へ行き、大きな声できいた。

「どちらさまですか？」

「モレスビーよ。ルビー、さっきから、何をやってるの？」

ルビーは、ほっと息をつき、チェーンをつけたまま、ちょっとだけドアをあけた。

「あんまりすごい音がしたから、てんじょうをつきやぶって、あなたたちが落ちてくるんじゃないかと思ったわ」

モレスビーさんは、声をひそめた。

「きっと、ご近所から苦情《くじょう》がくるわよ」

「ミスターP《ピー》が、おどってただけです。おどっちゃだめなんていう法《ほう》りつはありませんよね？」

モレスビーさんは、あきれたように、まゆを上げた。

「おどっちゃだめだなんて法《ほう》りつはないけど、建物《たてもの》の中で動物をかう場合、あまりうるさくしてはいけないって法《ほう》りつなら、あるわよ。ミスターP《ピー》には、あんまり大きな足音をたてないよう、いったほうがいいわ」

モレスビーさんは、きょろきょろ、ろうかを見まわして、まわりにだれもいないのをたしかめた。

「だれにもいわないでしょう、モレスビーさん？　つまりその、ミスターP《ピー》のことですけど」

「もちろんよ。わたしを信用《しんよう》してくれていいわ。そのしょうこに、ミスターP《ピー》に朝ごはんを持ってきてあげたわよ。これで、ちょっとおとなしくなるんじゃないかと思って」

モレスビーさんが、ドアのすきまから、魚フライの箱を二つ、三つと、おしこもうとしたので、ルビーはあわててとめた。

「受けとれません。いまはお金がないんです」

「これは、わたしからミスターP《ピー》へのプレゼントよ。残《のこ》りのぶんについては、また今度、相談しましょ。でも、まずは中に入れてちょうだい。そのほうがいろいろ、かんたんだから」

ルビーは、首を横にふった。モレスビーさんを中に入れて、かんたんになることなんかない。

「ママは、知らない人をうちに入れるのを、いやがるの」

ルビーはママの部屋のほうに、ちらっと目を走らせた。

モレスビーさんは、オレンジ色のネックレスをいじりながら、いった。

「お母さんが中にいらっしゃるんなら、わたしをしょうかいしてくれない？　そしたら、知らない人じゃなくなるわ」

「むりです。ママは、インフルエンザにかかってるの」

話がややこしくなってきた。そろそろモレスビーさんに、下の階に帰ってもらわないと。

「ねえ、ルビー。よけいなことかもしれないけど、あなた、学校は？　行かなくていいの？」

ほんとに、よけいだ。いいからもう、早く帰ってくれないだろうか。

「わたしもインフルエンザなんです。ミスターP《ピー》も。すっごくたちの悪いやつなの。だから、あんまり近くによらないほうがいいです」

自分の名前がきこえたのか、ミスターP《ピー》が、げんかんに走ってきた。ルビーは急いで、バン！と、ドアをしめた。ぎりぎりセーフ。ミスターP《ピー》が話に入ってきたら、またやめんどくさいことになる。

「ほら、ごらん。あんたがうるさくするからだよ」

ルビーは、ミスターP《ピー》をふりかえりながら、いった。

「人がつぎつぎやってきて、うちのことにあれこれ首をつっこむようになるのは、ごめんなの。目立つまねは、したくないのよ」

ルビーはドアにもたれたまま、ずるずるっと、ゆかまでこしをすべらせた。そして、そこに落ちていた魚フライの箱をひろって、せなかにかくし、目の前の大きなクマを見あげた。だけど、家の中にシロクマがいて、目立たないでいるなんて、すごくむずかしい——しかも、いい目立ちかたじゃない。

ルビーは、またちょっとハーモニカをふいてみた。

「気を悪くしないでね。でも、教えてくれないかな。その……いつまでうちにいるつもり？」

ミスターP《ピー》は、ルビーのハーモニカに合わせ、足でトントン、ひょうしをとりはじめた。ベビーサークルで、レオが泣《な》き声をあげた。

「シィィィ！」

「ふたりとも、静《しず》かにして。じゃないと、またモレスビーさんが来ちゃう」

ルビーは、曲にもならないでたらめな音で、ハーモニカをふきつづけた。頭の中では、いろんな考えが、ぐるぐる、ぐるぐるまわっている。モレスビーさんは、まちがっていない。ほんとうは、学校に行ってなきゃならないのだ。あんな失礼《しつれい》なたいどを、とるんじゃなかった。だって、モレスビーさんは親切にしてくれたし、力になってくれようとしただけなんだから。でも、だれもよせつけないようにしておくほうが、楽なのだ。とくに、相手があれこれきいてくるようになったら……。

そのうちに、ある考えが、頭の中で形になりはじめた。モレスビーさんにお金を返すことができれば、問題がひとつ、かいけつする。そうしたら、あとはママが元気になってくれることだけを、考えればいい……それと、学校に行くこと。行ったところで、友だちなんか、ひとりもいないけど……それから、うっとうしいシロクマを、この家から追いだすこと……。

ルビーは、ハーモニカを口からはなした。でも、ミスターP《ピー》はダンスをやめない。足をけっとばしてやったけど、ちょっととびのいただけで、まだぴょこぴょこ、おどっている。

「やめて！　お願《ねが》いよ！　あんたのせいで、ここを追いだされることになったら、どうしてくれるの？」

バン！　バン！　バン！　かたいゆかを、ミスターP《ピー》がたたく。

「静《しず》かにして！」

ルビーはどなり、はらだちまぎれに、ハーモニカをミスターP《ピー》に投げつけた。

ハーモニカは、鼻にあたった。ミスターP《ピー》は、キューンと鳴くと、ふたつの前足で鼻をおさえてうずくまり、おとなしくなった。

ルビーはうなだれ、もごもごとあやまった。

「ごめんなさい……だけど、たまにすごく、あんたのこと、むかつくのよ」

ミスターP《ピー》は立ちあがり、魚フライの箱を、げんかんのゆかからひろいあげ、ベランダに出た。

ルビーはそのまま何分か待ち、むねの中のいかりがしずまってから、ベランダに出ていった。

「いつもこうなの。だれかに何かを投げつけて終わる。自分で自分をおさえられないの」

ミスターP《ピー》は、何もかもわかっているような目でルビーを見ると、ふうっと大きく息をつき、ゆかにねそべった。ルビーがとなりにこしをおろし、おなかに頭をもたせかけても、じっとしている。ルビーはミスターP《ピー》を、そっとなでてみた。白い毛を何度もやさしくなでつけているうちに、ふたりとも気持ちがやすらぎ、いつしか目をとじていた。ルビーは思った。一日じゅう、こうしていたい。ミスターP《ピー》とこのベランダで、この心地よさにひたっていたい。だけど、やることは山ほどあるし、レオがまた、ベビーサークルで泣《な》き声をあげはじめた。ルビーにかまってほしいのだ。

大好《だいす》きなパパへ

うちに、お客さんが来ています。レオとわたしの友だちです。友だちはシロクマなの。うそじゃないよ。名前はミスターP《ピー》で、だいたいはまあ、問題ないんだけど、ちょっと大きすぎるし、うるさいし、うっとうしいです。いちばんこまるのは、ものすごく食べることで、だから、お金もかかります。そのお金のことでママにめいわくをかけたくないので、自分でかせごうと思っています。うまくいくと思う？　ハーモニカをじょうずにふくための、ちょっとしたアドバイスとかもらえると、うれしいです。

ところで、あと2日したら、わたしのたんじょう日です。どうするか、まだなんにも考えてないけど、もしパパがミスターP《ピー》に会いにきたければ、パーティーをひらいてもいいです。ママもレオも、パパに会いたがってると思うよ。

ルビーより

ルビーは、手紙を空にかざした。午後はずっと、ハーモニカのうでを上げようと練習していて、そのあいだ、ミスターP《ピー》がレオの相手をしてくれた。もしかしたら、レオのほうが、ミスターP《ピー》の相手をしてくれていたのかもしれないけど。とにかく、ハーモニカはかなりうまくなったと思うし、これなら人前《ひとまえ》でも、えんそうできそうだ。あとは、いつ、どこでやるか、ということだけ。明日《あした》あたり、いいかもしれない。

9　サングラスとぼうし

昨日《きのう》と今日でママの気分がどう変《か》わるか、ルビーにはいつも、まったく予想がつかない。今朝《けさ》は、めいっぱいボリュームを上げたラジオと、ママがすみからすみまで、てってい的《てき》にそうじ機《き》をかけまくる音で、目がさめた。気温は高いし、この大そうじのバタバタで、室内は、オーブンの中にいるような暑さだ。ルビーは、まどというまどを、全開にした。ママがこんなふうにせわしなく動いているときより、ベッドから出られない日のほうが、まだましなんじゃないかと、思うこともある。

「ねえ、ルビー。このクマを、うちから追いだしてくれない？」

ママが、ラジオやそうじ機《き》の音に負けないように、声をはりあげる。

「そこらじゅう、白い毛にまみれてるの。こんなの見たことない。まるで、動物園だわ」

ママがそうじ機《き》の先をミスターP《ピー》に向けると、長い毛がすいこみ口のほうに立ちあがり、白い波になって、ゆらゆらゆれた。ミスターP《ピー》はあとずさりしながら、歯をむきだして、グルグルうなった。

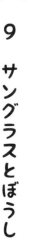

「この子には、もっと広い場所が必要《ひつよう》よ。わたしにもね」

ママがまた、声をはりあげる。

ルビーは、そうじ機《き》のスイッチを切った。うるさくていらいらするし、またモレスビーさんが来たりしたら、やっかいだ。音のことでもんくをいわれるのも、こたえづらいことをまたいろいろきかれるのも、ごめんだ。

「それより、みんなでどこかに出かけない？」

外に出るとママの気分はよくなることが多いし、今日は、おでかけにはもってこいの日だ。みんなで公園に行くのは、どうだろう？　ミスターP《ピー》が乗ってきた気球は、まだあそこにあるだろうか？　そうだといいな、とルビーは思った。気球を見れば、ルビーの話がぜんぶほんとうだったって、わかってもらえる。

「それは、ちょっとむりだと思うわ。やることがたくさんあるのよ」

ママはまた、そうじ機《き》のスイッチを入れた。

「それに、なんだかレオの顔色が悪いみたいなの。たぶん、外には出さないほうがいいから、レオはわたしと、るすばんさせるわ」

ママのいうとおりだった。レオは、起きたときから鼻水が出ていて、朝ごはんもほしがらなかった。いまはまた、こんなにうるさいのも気にならないように、ねむりこんでいる。

ルビーは大急ぎで着がえた。ママが出かけないのなら、お金をかせぎにいくチャンスかもしれない。だけど、注意しなくては。ママにあやしまれるとこまるし、知り合いに見られて、学校にれんらくされたら、たいへんだ。

どこでやるかは、もう決めていた。いちばんいいのは、ハイクロス・ショッピングセンターだ。パパと何度も行ったことがある。お目当てはたいてい、その中にある、大きなスケボーショップだった。あのショッピングセンターなら、家からもはなれていて、安心だ。いつも人でいっぱいだし、大道芸《だいどうげい》をやっているのも、見たことある気がする。

ルビーはサングラスをかけ、ぼうしのつばをぐっと下げて、顔をかくした。これで、万が一知り合いに出くわしても、ルビーだとばれないだろう。ミスターP《ピー》は、ルビーの顔をしげしげと見ると、歩いていって、テーブルの上に投げてあったママのサングラスを、そうっとくわえた。

「こら、それはだめよ」

ママは大声でいって、そうじ機《き》のスイッチを切った。

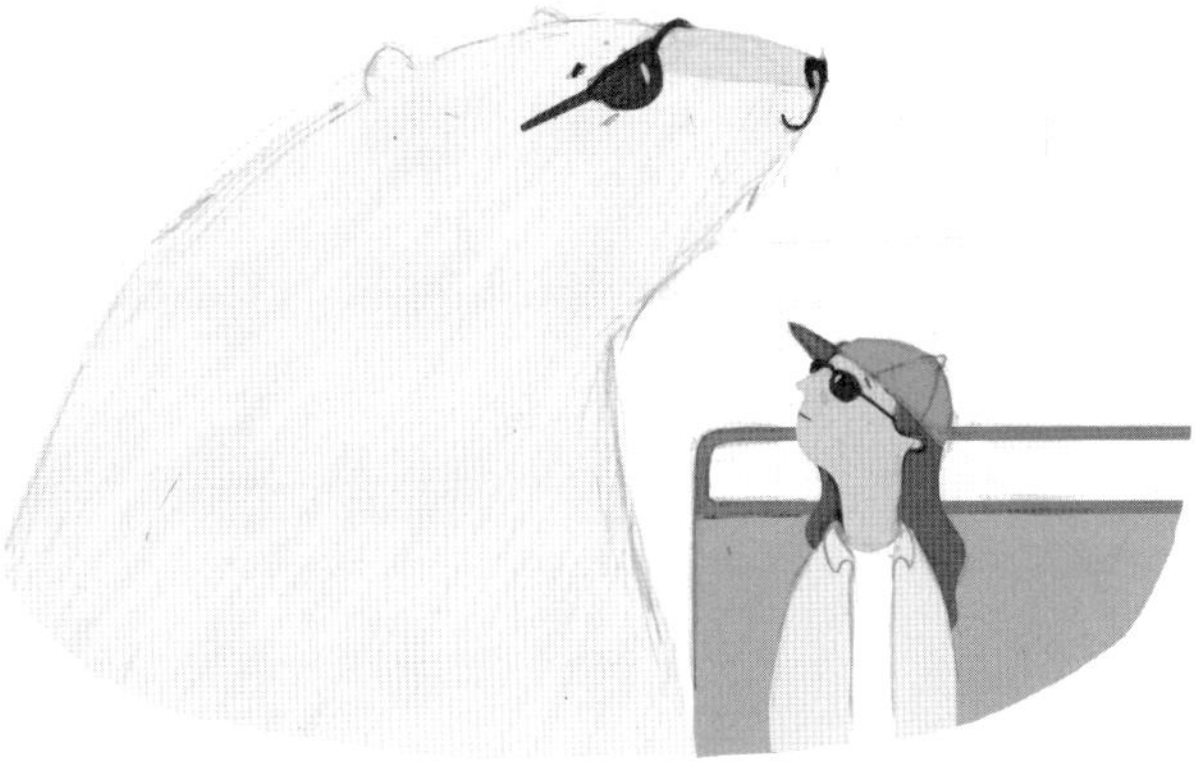

「返して！」

だけど、ミスターP《ピー》はもう、げんかんのドアを出て、かいだんをかけおりていた。ルビーも笑《わら》いながら、あとを追う。下まで着いたときには、ふたりとも、すっかり息が切れていた。ルビーは、ミスターP《ピー》の口からサングラスをとると、落ちないように、鼻の上にそうっと、のっけてやった。

「かっこいいじゃん」

ショッピングセンターは、歩くには遠い。ミスターP《ピー》も、バスに乗れるといいんだけど……。でも、そんな心配は無用だった。ミスターP《ピー》は運転手さんに、にっこりほほえみかけると、ほかのお客さんにぶつからないよう、じょうずにおくまで進んでいった。それから、通路にぺたんとすわると、まどに顔を向け、流れていく町の景色《けしき》を、おとなしくながめている。ルビーは、ふしぎに思った。このクマはずいぶん、バスに乗りなれてるみたい！

「前にも、乗ったことあるの？」

目的地《もくてきち》に着いて、バスをおりたとき、ルビーはきいてみた。

ミスターP《ピー》は、かたほうの前足を上げた。バスのお客さんたちに、バイバイしてるつもりだろうか？　手をふりかえしてくれた人がふたりほどいて、ルビーは目をまるくした。

「あんたには、おどろかされてばっかりだわ」

ショッピングセンターに向かって歩きながら、ルビーはそわそわと、ポケットの中のハーモニカに手をやった。知らない人たちの前でハーモニカをふいている自分を思いうかべると、おなかのあたりが、変《へん》な感じになった。ぎゅーっとしぼられるようでもあり、いぶくろがとびだしてきそうな感じでもある。これでお金をかせごうなんて、あんまりいい考えじゃなかったかもしれない。ルビーは歩みをゆるめ、スケボーショップの前でとまった。

ショーウィンドウには、まあたらしい、ぴかぴかのスケートボードが、ところせましとならび、テレビのスクリーンには、ありえないようなトリックをやってのける、ボーダーたちのビデオが流れていた。店の中に入りたい。パパといっしょに来ていたころのように。だけど、ここに来たことで、ルビーは少し悲しい気分にもなっていた。

「パパ、いってたのよ。こういうのをひとつ、買ってくれるって。いつかきっと、たんじょう日プレゼントに。この中だったら、あれがいいな」

ルビーは、つややかな空色のボードを指差《ゆびさ》した。

「ね、どう思う？」

ミスターP《ピー》は、テレビに見いっていた。きらきらしたひとみに、いろんな色がうつっている。若《わか》い女の人が、大きなつつみをわきにかかえて、店から出てきた。どんな感じだろう、自分の、それも新品のスケートボードを手に入れて、店から出る気分は。だけど、そんなこと、じっさいには起こりっこない。スケートボードが買えるだけのお金をためようとすれば、百年はハーモニカをふきつづけてなきゃならない。

夢《ゆめ》みたいなことを考えるのはやめて、ここに何をしにきたのか、思いださなくては。ほかのことのためにお金をためようと考える前に、まずは、モレスビーさんに返すお金をかせぐ必要《ひつよう》がある。

「行くわよ、ミスターP《ピー》。さっさと終わらせましょ」

ルビーは、よさそうな場所を見つけると、ポケットからハーモ

ニカを出し、ひとつ、しんこきゅうした。そして、ふきはじめてはみたものの、口がかわいていて、ハーモニカがうまくすべらない。思っていたより、むずかしい。どういうわけか、ショッピングセンターでふくと、まるで車がぶつかったような音にきこえる。だれもかれも、ルビーには目もくれず、ただ通りすぎていく。どうして、知らんぷりできるの？　きんちょうして、どんどんかたくなっていくのが、自分でもわかる。いらいらして、えんそうは、なおのことひどくなった。みんな、あきらかにルビーをさけるようにして、通っていく。

「ちょっと、ミスターP《ピー》。そんなとこにつったってないで、

あんたも何かやったら、どうなのよ」

ルビーがはらだたしげにいうと、ミスターP《ピー》は左を見、右を見た。そして、ルビーの頭から、そっとぼうしをとって、それを地面に置《お》いた。ルビーはあわてた。これじゃ、みんなに顔を見られてしまう！　つづいてミスターP《ピー》は、いきなりルビーからハーモニカをうばい、口にあてて、ふきはじめた。それを「えんそう」とよべたとしても、ルビーよりもっとへたくそだ。ミスターP《ピー》は、かた足ずつぴょこぴょことびはね、くいっ、くいっと、おしりをふって、くるくるくるっと、その場でターンした。ルビーは、ちょっとうしろにさがった。するとまもなく、最初《さいしょ》のコインが、

ぼうしの中に投げこまれた。つづいて、ふたつめが。すぐに、つぎつぎコインがとんでくるようになり、チャリン、チャリン、と音をたてて、つみかさなっていく。ルビーはそれでも、おどろきはしなかった。だって、こんなおもしろいもの、見たことがなかったし、ミスターP《ピー》自身、楽しくてしかたないと思っているようだったから。

　じきに、ミスターP《ピー》のまわりに人の輪《わ》ができ、その人たちもいっしょに、おどりだした。もちろん、ルビーもおどった。

　ミスターP《ピー》がえんそうをやめると、そのたび、みんなは手をたたきながら、かけ声をかけた。

もっと！　もっと！　アンコール！　アンコール！

　ルビーは、ぼうしの中のお金を見た。ミスターP《ピー》がこの調子でかせいでくれれば、モレスビーさんにかりたお金なんて、あっというまに返せるだろう。だけど、人だかりはどんどん大きくなっている。ルビーは不安《ふあん》になってきた。

これはちょっと手におえなくなってきたかもしれない。トラブルを起こすのは、さけたかった。それに、ミスターP《ピー》がこうふんするとどうなるかは、よくわかっている。ルビーは、きっぱりといった。

「今日はもういいわ、ミスターP《ピー》。そろそろ帰りましょ」

「アンコール！」「アンコール！」

集まった人たちが声をそろえて、ミスターP《ピー》の芸《げい》をせがむ。

「ほら、行くわよ」

ルビーは、ミスターP《ピー》をひきずって、その場をはなれようとした。

「うまくいってるうちにやめるのが、いちばんだわ」

目のはしに、角を曲がってくる、けいさつ官《かん》のすがたが、うつった気がした。こんなところでシロクマが芸《げい》をしているなんて、けいさつの人は、よく思わないだろう。ルビーは、ミスターP《ピー》からハーモニカをとりあげ、ぼうしをひろうと、人がきをぬって走りだした。ミスターP《ピー》も、かけ足で追ってくる。ふたりはすばやくショッピングセンターを出て、バス停《てい》に向かった。ちょうど、一台のバスが入ってきたところだ。

「急いで！」

ルビーはさけぶと、バスにとびのって、ドアを手でおさえた。ミスターP《ピー》も、ぶじに体をおしこみ、ドアがプシューッと音をたてて、しまった。ルビーはシートにへたりこみ、ミスターP《ピー》は、どすんとゆかにすわった。ふたりとも、息を切らしている。

「やったね、ミスターP《ピー》」

ふたりは、ぼうしの中をのぞきこんだ。ほとんどは小ぜにだけど、これだけあれば、モレスビーさんにかりたぶんを返せる。ルビーは声をたてて笑《わら》った。今日はちょっとしたぼうけんだったし、家から出て、ふだんとちがうことをして、楽しかった。たまには、こんな気分てんかんもいい。だけど、もう家に帰らないと。あまり長い時間、ママをほったらかしにはできない。

ルビーは、コインを両手ですくってみた。

「あんたのおかげよ、ミスターP《ピー》。おやつに魚フライをあげるね！」

10 池の魚と回転遊具

帰ってみると、家の中は見たことがないほどきれいになり、きちんとかたづいていて、でも、ママとレオのすがたは、どこにも見えなかった。心配する理由はないとわかってはいても、ルビーは、小さな不安《ふあん》にむねをかじられるような思いがした。

レオのベビーカーがない。ということは、ふたりで出かけたのだ。

ショッピングセンターでのわくわくやドキドキが、急に、すごく遠くに感じられた。ルビーとミスターP《ピー》は、サングラスをはずした。ルビーはお金をビニールぶくろにうつし、ベッドの下にかくすと、ミスターP《ピー》を連《つ》れて、公園に向かった。

ミスターP《ピー》は、地面をくんくんかぎながら、歩いていく。公園に入っても、まだかぎつづけていたけれど、気球がおりたあたりに来ると、少し足をゆるめた。気球はもう、なくなっている。先へ進むと、池が見えてきた。

「いたわ」

ルビーは、ママとレオを指差《ゆびさ》した。

「においがわかるのね。すごいわ」

ルビーは立ちどまり、はなれたところから、ふたりを見つめた。ママは、ベビーカーのとなりにしゃがんでいる。そのようすに、むねがあたたかくなった。家の外でふたりがいっしょにいる。ふつうの親子、という感じがした。

ルビーたちが近づくと、ママは気づいて、立ちあがった。ルビーは声をかけた。

「今日は出かけないって、いってなかった？」

「気が変《か》わったのよ。レオがずっと、ごきげん悪くて」

ルビーはこしをかがめて、ベビーカーをのぞきこんだ。

「あーらら。レオくん、お鼻がたいへんなことになってますねえ」

「あなたが出かけてから、ぐずりっぱなしよ。歯がはえかけてるんだと思うわ。かわいそうな、おちびちゃん」

ルビーは、レオのほっぺたをなでてやった。ほんのり赤くなって、熱《ねつ》をもっている。

ミスターP《ピー》は、池を見つめている。それを見て、ママがいった。

「泳いだらどう、ミスターP《ピー》？　よぶんな毛が、少しはとれるかもしれないわ」

ルビーはおどろいた。

「ええっ？　せっかくぴかぴかになった家に、ぬれたクマを連《つ》れて帰るの？　やめたほうがいいわ。見てよ、あの水の色！」

「でも、シロクマは泳ぐようにできてるのよ。ウルスス・マリティムスだもの」

ママは、まほうのじゅもんをとなえるように、その言葉をいった。

「ウルスス……って、何？」

「ホッキョクグマの学名よ。ラテン語で、海のクマって意味らしいわ。あなたがかりてきた本に書いてあったの。今朝《けさ》、レオに読んでやったのよ」

ミスターP《ピー》は、かたほうの前足を水につけた。さざなみが、池の上をわたっていく。ミスターP《ピー》は、それをじいっと見つめ――いきなり池にとびこんだ。

バシャーン！

大きな水音がひびき、ふたたび顔を出したミスターP《ピー》の口には、ぴちぴちあばれる大きな魚が、くわえられていた。

「だめよ、ミスターP《ピー》！　池の魚は、食べちゃだめ。はなしてあげて。池にもどすの。早く」

ミスターP《ピー》は、口から魚をはなした。口から、いぶくろの中へ。

「ママ！　ひどい。なんとかして！」

「これが、自然《しぜん》のいとなみというものよ」

「でも、ここは公園よ。話がべつでしょ。だれかに見られたら、どうするの？」

ルビーは、きょろきょろ見まわしてみたけれど、あたりに人かげはなかった。ミスターP《ピー》は体をひねっておなかを下にし、すいすい泳いでいく。そして、ぐるんとまわったり、水をはねとばしたりして、ひとしきり遊んだあと、ようやく草の上に、上がってきた。ぬるぬるする池の水草が、だらんと鼻にひっかかっている。シロクマというよりミドリグマといったほうがいいようなすがたで、毛先からしたたる灰色《はいいろ》のどろ水が、歩くうしろに水たまりをつくっている。

そのとき、ミスターP《ピー》が頭を低《ひく》くした。

「たいへん、にげなきゃ」

何が起ころうとしているか気づいたルビーは、あわててそういったけれど、まにあわない。ミス

ターP《ビー》はブルルルルルッと体をゆすり、池のどろ水がルビーたち三人にふりかかった。

「わたしの服が」

ママは、T《ティー》シャツのよごれを手ではたいた。レオは、ちっちゃなこぶしで、両目をごしごししている。ルビーは、ぼうしをぬいでふりまわし、必死《ひっし》にミスターP《ビー》を遠ざけた。

「だれかに、ろくでなしっていわれたことない？　いっしょうけんめい世話してあげてるのに、そのお返しがこれ？」

ルビーはよごれた服を指差《ゆびさ》し、はらだたしげにいった。ミスターP《ビー》は、ぺたんとこしを落とすと、頭をかたむけ、大きな前足で自分を指した。

「そうよ。あんたのことよ。でかくて、びしょぬれの、池のにおいがぷんぷんするシロクマ。ウルスス・ロクデナシ。こっちの名前のほうが、おにあいなんじゃないの？」

ルビーはらんぼうに、ぼうしをかぶった。

「ママ、行こう。服がかわくまで、ちびっこ広場で時間をつぶそうよ。ミスターP《ビー》を、びしょびしょ

のまま、連《つ》れて帰るわけにはいかないわ。部屋がよごれちゃうもん」

ママは、ためらった。

「ちびっこ広場は、まだちょっと……。あそこは、いつも人でいっぱいだから」

でも、ルビーは前から思っている。ママがちびっこ広場に行きたがらないほんとうの理由は、となりにスケートパークがあるからだ。スケートパークを見ると、パパを思いだすからなのだ。でも、いつまでもそういうことを、さけてばかりはいられない。

「だいじょうぶ。いまならみんな、学校へ子どもをむかえにいってるよ。それに、たいして時間かからないわ。かわくまでで、いいんだから」

ルビーは、ママをなだめすかして、ブランコのほうへ連《つ》れていった。ちびっこ広場は、いつもよりすいていた。それはよかったけど、スケートパークのほうは、けっこうにぎわっている。熱気《ねっき》とこうふんをふくんだ空気をすいこむと、ルビーはいつものように、ちくちくと、うらやましさがむねをさすのを感じた。ウィール（車輪《しゃりん》）がコンクリートの上をすべる音。ルビーが、夢《ゆめ》見ている音だ。

ルビーは、ママがレオをブランコに乗せるのを手伝《てつだ》ったあと、ミスターP《ピー》を回転遊具にさそった。ぬれたシロクマをかわかすには、ぐるぐるまわすのがいちばんだ。

ミスターP《ピー》は、うたがわしげな目で、回転遊具を見た。

「だいじょうぶだよ。おもしろいから。早く乗って！」

ミスターP《ピー》は、おそるおそる遊具によじのぼり、鉄の手すりに、しっかりつかまった。ルビーが力をこめ、遊具をまわしはじめる。うまくまわりだすまでに、しばらくかかった。シロクマが乗っていると、重いのだ。でも、ミスターP《ピー》は、すぐに遊びかたをのみこんで、ルビーといっしょに、じょうずにこぎはじめた。

速く、もっと速く。ふたりは、目まいがするほどのスピードで、遊具をまわした。ミスターP《ピー》は、最高《さいこう》の笑顔《えがお》をうかべている。やがて回転がゆっくりになり、遊具が動きをとめるまで、ミスターP《ピー》は手すりをにぎりしめていた。ずるるっと地面にすべりおりたミスターP《ピー》は、白い小山のように、その場にへたりこんだ。

起きあがろうとしても、足がいうことをきかない。ようやくバランスをとりもどし、立ちあがりはしたものの、今度はふらふらとスケートパークのほうによっていき、かべに前足をついて、べたーっと、もたれかかってしまった。

ルビーは、ミスターＰ《ピー》のせなかに、よじのぼった。そこからなら、スケボーをする人たちのすがたを、上から見られる。

「クールだよねえ。そう思わない？」

ルビーは、ミスターＰ《ピー》の耳もとで、ささやいた。ミスターＰ《ピー》はもう、むちゅうだ。鼻を上下左右に動かして、ボーダーたちがランプを行ったり来たりするのを、目で追っている。パークには、スケートボードを楽しむためのせつびが、いろいろあるけれど、やっぱりい

ちばんはランプだ。ハーフパイプともよばれる、U《ユー》字形にカーブしたしゃ面を往復《おうふく》しながら、みんな、つぎつぎとトリック（わざ）をくりだしている。

ルビーは、このボーダーたちのように、さっそうとすべる自分を、思いうかべた。アクスルストールをびしっと決めて、ドロップイン。

「見てて、わたしもいつか、あそこですべるから」

ルビーは、ミスターP《ピー》の耳のうしろをかいてやり、せなかからすべりおりた。ルビーは思った。わたしにはできる、ぜったいできる、だって、わたしには、ボーダーの血が流れてるんだから、と。

11 たんじょう日と長い手紙

♪ハッピー・バースデー、わたしー♪
♪ハッピー・バースデー、わたしー……

ルビーの声は先細りになった。そのメロディーが、なんだか悲しすぎて、つづけることができない。ほかのみんなは、十一さいのたんじょう日を、どんなふうにすごしているのだろう？　たぶん、こうじゃない。ふつうは、お祝《いわ》いのカードがあったり、ケーキがあったり、プレゼントがあったりするはずだ。マンションの中を見まわしてみたけれど、サプライズがありそうな気配はなかった。

ルビーは、ため息をつくと、クリームサンド・ビスケットの最後《さいご》の一こをとって、シロクマのとなりに、どさっと、こしをおろした。

「ミスターP《ピー》のたんじょう日は、いつ？　わたしといっしょってことに、してあげてもいいわよ。たいしたプレゼントは、できないけどね」

ビスケットを半分やると、ミスターP《ピー》は、シロクマらしからぬ食べかたで、ちびちびかじった。

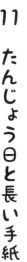

ミスターP《ピー》がいてくれてよかった。昨日《きのう》はあんなにいい日で、このままママはよくなっていくような気がした。でも今朝《けさ》、ママはつかれが出て、ベッドから起きあがれない。たんじょう日おめでとうとも、いってくれなかった。

しかも昨夜《ゆうべ》は、レオが鼻をつまらせたり、せきこんだり、はえかけた歯がいたくてぐずったりで、ルビーは半分もねられなかったのだ。そのくせレオは、いま、朝ごはんを食べさせようとすると、ぜんぜん起きてくれない。

ルビーは、ミスターP《ピー》に体をよせ、やわらかな毛にもたれた。ゆったりとリズムをきざむ息づかいがつたわってきて、気持ちが落ちつく。こんな日は、自分の世界が小さく小さくちぢまって、マンションのこの部屋に、いろんなやっかいごとといっしょに、おしこめられているような気がする。ここからぬけだして、ミスターP《ピー》の熱気球《ねっききゅう》に乗り、空高くとんでいきたい。家々の屋根をこえ、何もかもわすれて、広い世界へ……。でも、そんなこと、できっこない。

レオのベビーベッドから、すさまじい音がきこえ、ルビーは、はっと立ちあがった。**ゲホゲホ**いうせきと、**ケンケン**という、犬がほえるような声がまじったような音だ。ルビーは自分の部屋に走っていき、レオのおでこに手をあてた。もえるように熱《あつ》い。歯がはえかけているせいじゃないことは、すぐにわかった。レオは、病気なんだ。

ミスターP《ピー》は、ドアのかげからのぞきこみ、レオの顔を見るなり、ママの部屋にとんでいった。つぎに目に入ったのは、ミスターP《ピー》がママのT《ティー》シャツのすそをくわえ、レオのベビーベッドまで、ひっぱってこようとしているすがただった。

ママは、レオをだきあげた。おでこに手をやり、足を調べ、おなかをさわってみる。

「ああ、どうしよう、どうしよう！」

ママは、うめくように何度もくりかえし、あわてたようすで、あっちの戸だな、こっちの引き出しを、あけたりしめたりしはじめた。

「どこかに薬があったはずよ。たしか、前に買ったのが……よくおぼえてないけど……でも、買ったんだから！」

かわいそうに、レオは泣《な》きながら、はげしくせきこみはじめた。ママはもう、どうしたらいいか、わからなくなったみたいだ。

レオは、目つきがふつうでなくなり、どんどんつらそうになっていく。とつぜ

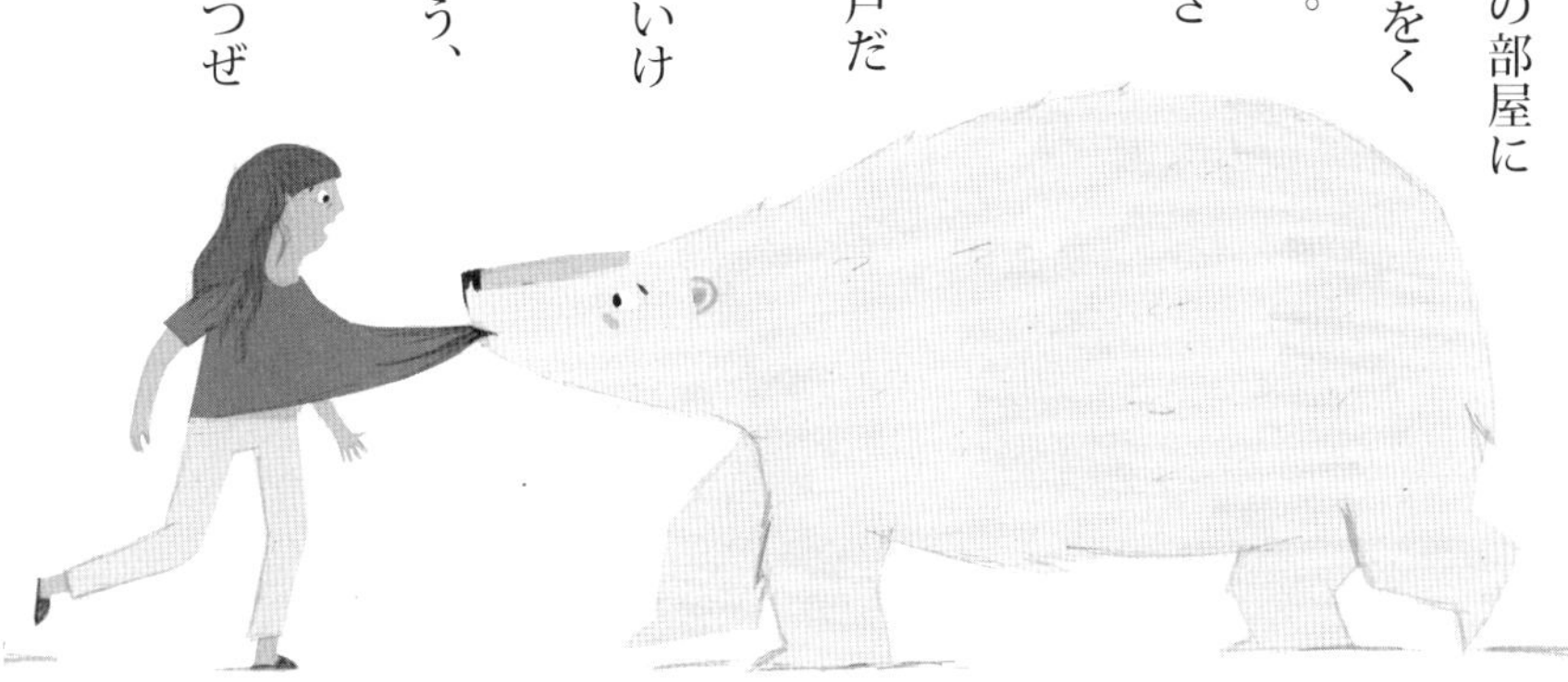

ん、ママはレオをルビーにわたし、トイレにかけこんだ。何かきこえる。はいてるんだ。ルビーは、とほうにくれた。たすけてほしい。いますぐ、だれかにたすけてほしい。ミスターP《ピー》は、げんかんにいて、ぐるぐるその場でまわっては、ドアをひっかいている。ルビーは、はっとした。ドアをあけると、ミスターP《ピー》は、いきおいよくかけだし、かいだんに向かった。

ドアをたたく大きな音がし、モレスビーさんの声がきこえた。

「はいはい、ミスターP《ピー》。いま行くわ。行くから、ちょっと落ちついて」

モレスビーさんは、ミスターP《ピー》にうしろからおされるようにして、大急ぎでルビーの家までやってきた。中のようすを見るなり、じょうきょうをのみこんだようだ。

「だいじょうぶよ、ルビー。もう心配いらないわ」

モレスビーさんは、ルビーのうでからレオをだきとり、レオににっこり、ほほえみかけた。

「おちびちゃん、ちょっと体が熱《あつ》いようね」

それから、レオの服をぬがせ、おむつだけにすると、指を二本、レオのむねにあてて、うで時計を見た。

「ルビー、お手伝《てつだ》いしてくれる？　大きめのボウルのようなものに冷《つめ》たい水をくんで、持ってきてちょうだい。スポンジもね。ミスターP《ピー》、あなたはちょっと、どいててくれるかしら」

ルビーが、水とスポンジを持ってもどると、モレスビーさんは、冷《つめ》たい水をスポンジにふくませ、そっとたたくようにして、レオの体にあてた。

「お母さんはいらっしゃる？」

モレスビーさんがきいた。ルビーはあごで、トイレのドアのほうを指した。モレスビーさんは、ルビーに「はい」と、スポンジをわたした。

「あなたは、レオの体を冷《ひ》やしてやって。わたしは、お母さんを見てくるわ。いいわね？」

ルビーはうなずいた。

「お母さんのお名前は？」

「リサです。でも、みんな、ママのことをリスって、よびます」

ルビーは、冷《つめ》たいスポンジを、レオのおでこにあててやった。モレスビーさんは、トイレのドアをノックし、中へ入っていった。ママにやさしく話しかける声がきこえる。

「こんにちは、リサさん。わたしは、ジョセフィン・モレスビーといいます。下の階に住んでるの。ご気分はいかが？」

ママが何かもごもごいい、すすり泣《な》く声がきこえた。

「そうね。小さい子のぐあいが悪いときは、ほんとに心配よね。わたし、かんごしをしてたのよ。病気の子を、たくさん見てきたの。だいじょうぶ。レオはよくなるわ。体の中で、何かが悪さしてるようだけど、もともとじょうぶな子みたいだから、すぐになおるはずよ。さあ、ちょっと気持ちを落ちつけて。お湯をわかしてくるわ。お茶でも、飲みましょう」

ルビーは目をとじた。モレスビーさんの声のひびきが、好《す》きだ。モレスビーさんがたすけに来てくれて、よかった。どうすればいいかちゃんとわかっている人が、不安《ふあん》な気持ちをわかってくれる人がいるだけで、こんなにも物事はたやすくなる。ミスターP《ピー》は、部屋のすみっこにすわっていた。ミスターP《ピー》がいなければ、モレスビーさんと出あうこともなかった。シロクマが家にいるのって、案外《あんがい》悪くないかもしれない。

「お母さんは、何かお薬を飲んでらっしゃる？」

トイレから出てきたモレスビーさんが、きいた。

ルビーはうなずき、薬の入ったびんをとってきて、モレスビーさんにわたした。

「今朝《けさ》は、飲んだかどうかわかりません。まだチェックしてなかったから――レオのことやなんかで、バタバタしてて」

モレスビーさんは、びんをちょっと見て、いった。

「心配ないわ。はき気がちょっとおさまってから、ひとつ飲むといいわ。それより、弟くんを見てあげないとね。お薬はあるの？」

ルビーは、首を横にふった。

「さがしたの。でも、見つからないんです」

モレスビーさんは、紙とペンを持ってこさせ、薬の名前を書いた。

「この先の薬屋さんは、あなたのことを知ってるでしょう？」

ルビーはうなずいた。

「じゃ、急いで行って、この紙をお店の人にわたしなさい」

モレスビーさんは、ルビーにメモとお金をにぎらせた。ルビーがためらっていると、心の中を読んだように、モレスビーさんはいった。

「つべこべいわずに、行きなさい。ミスターP《ピー》も連《つ》れてってちょうだいね。ちょっと場所が必要《ひつよう》だから」

マンションを出て、しんせんな空気をすえるのは、ありがたかった。ルビーとミスターP《ピー》は、薬屋さんまで一気にかけていった。ミスターP《ピー》は、つごうよく、店の入り口で立ちどまってくれた。これは自分向きの店ではないと、わかったらしい。おかげで、仕事がやりやすくなった。

帰り道も、薬の入ったふくろをしっかりにぎって、ふたりで走った。マンションの入り口まで来ると、ちょうどゆうびん屋さんが着いたところだった。ルビーは、いっしゅん待って、息をととのえてから、ゆうびん屋さんにたずねた。

「233号室に、何かとどいてますか？」

もしかしたら、ほんとうに、もしかしたらだけど、パパが思いだして、お祝《いわ》いのカードを送ってくれたかもしれない。

ゆうびん屋さんは、ミスターP《ピー》をこわごわ見つめた。

「こいつは、ここで何してるんだ？　あぶなくないのか？」

「だいじょうぶよ。いい子なの」

ゆうびん屋さんは顔をしかめ、持ってきた手紙のたばを、手早くかくにんした。

「悪いね。今日は何もないよ」

その言葉は、ずしっと、むねにひびいた。今日は何もない。

ミスターP《ピー》は、自分も見ようとするように、手紙のたばのほうに鼻をつきだした。

「来るな！」

ゆうびん屋さんは、さけんだ。

ミスターP《ピー》は顔を上げ、あくしゅでもしようとするように、前足を差《さ》しだした。

ゆうびん屋さんは悲鳴をあげ、手紙をぜんぶゆかに落とすと、走ってにげだした。

ミスターP《ピー》は、出した前足をじっと見つめ、ルビーを見た。

「気にすることないわ。悪いことはしてないもの。手伝《てつだ》ってあげようと思っただけでしょ？」

ルビーは、ミスターP《ピー》の耳のうしろを、かいてやった。

「いるのよ、ああいう人って！」

部屋にもどると、ママとモレスビーさんがならんですわり、お茶を飲みながら、静《しず》かに話をしていた。ふたりとも、すっかりうちとけたようすだ。おしゃべりのじゃまをしたくなかったので、薬をわたすと、ルビーとミスターP《ピー》はいつもの場所——つまり、ベランダに出た。

「ママが、モレスビーさんのこと、好《す》きになってくれるといいな。話し相手になってくれる友だちができたら、すてきだと思う」

ルビーは空を見あげ、ため息をついた。手紙もない。プレゼントもない。

♪ハッピー・バースデー、わたしー♪

♪ハッピー・バースデー、わたしー……♪

ルビーは、またそっと歌ってみた。

すると、いきなりミスターP《ピー》が、黒くて冷《つめ》たい鼻を、ルビーの鼻におしつけてきた。最高《さいこう》だ。このときのルビーにとって、世界のどこをさがしても、これ以上《いじょう》のプレゼントはなかった。

大好《だいす》きなパパへ

正直いうと、すてきなたんじょう日ってことには、なりませんでした。レオのぐあいが悪くなって、ママもわたしも、どうしていいか、わからなかったの。でも、ラッキーなことに、下の階のモレスビーさんというおばあさんが来て、たすけてくれました。その人は、いまはちがうけど、前はかんごしだったんだって（そのことは、今日わかりました）。レオはだいぶよくなったから、心配しないでね。

　ママのぐあいもよくなかったんだけど、モレスビーさんの話では、ママがよくなるには、たぶんもっと時間がかかるんだって。でも、「あなたのようなむすめがいて、世話をしてくれるなんて、お母さんはすごくついてるわね」って、モレスビーさんは、いってくれました。それと、ママが調子悪いときがあっても、それはわたしのせいじゃないんだって。モレスビーさんは、うんと年をとってるけど、わたしはモレスビーさんが好《す》き。いつでもお手伝《てつだ》いにいきますよって、いってくれたのよ。でも、わたしは、まよっています。これ以上《いじょう》、めいわくをかけたくないから。年とると、ひとりでいる時間が長くなるから、いそがしくしてるほうが自分のためになるのよって、モレスビーさんはいいます。お金も、もらわなくていいって。パパは、どう思いますか？

　いいニュースもあります。モレスビーさんにかりていた魚フライの代金は、ほとんど返すことができました。ミスターP《ピー》が、ショッピングセンターでがんばって芸《げい》をして、かせいでくれたのです。パパに見せたかったなあ！　でも、モレスビーさんは、もうぜったいそんなことしちゃだめよって、いいました。やったら、たいほされるかもしれないし、わたしとミスターP《ピー》をたすけに、けいさつまで行くのは、かんべんしてほしいって。モレスビーさんは、自分のいったことがよっぽどおかしかったみたいで、大笑《おおわら》いしました。モレスビーさんは、シロクマに人前《ひとまえ》でダンスをさせるのも、ほんとはよくないっていうの。それで、わたしはいったの。わたしはミスターP《ピー》に何かを**やらせた**ことなんか、一度もないって。ミスターP《ピー》が、勝手にやってるんだって。そしたら、モレスビーさんも、「だったら、そう悪いことじゃないのかもね」といいました。

パパの好《す》きなスケボーの店に、行ったよ。わたしのたんじょう日プレゼントに、いつかスケートボードをプレゼントするって、やくそくしたこと、おぼえていますか？ わたしは今年、プレゼントを**ひとつも**もらっていません（ミスターP《ピー》から、シロクマのキスは、もらったけどね）。これは、ただのぐちです。

パパがいなくて、さびしい。ママもレオも、そう思ってるよ。

ルビーより

12 シロクマの毛玉と校長室

ルビーは、つめをかんだ。学校。今日は、いろいろきかれるはずだ。学校を休むと、いつもいろいろ、しつもんされる。ルビーは、せいふくについたシロクマの長い毛を、ていねいにとって小さくまるめ、ポケットに入れた。学校なんか行っても、しかたない気がする。今日はもう、金曜なんだし。だけど、モレスビーさんと約束《やくそく》したのだ。モレスビーさんがルビーの家のことをだれにもないしょにしてくれるかわりに、ちゃんと学校に行くと。ルビーは、けいたい電話で時間をチェックした。すでに、ちこくだ。

「ほんとに平気?」

ルビーはモレスビーさんに、もう五十回も同じことをきいている。

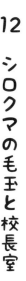

「さあ、行ってらっしゃい。心配いらないわ。わたしがぜんぶ、めんどう見てあげるから」

「ぜんぶ、いったとおりにしてくれる?」

「ええ、ええ、おおせのとおりに。ぜんぶメモしてありますからね。それに、ミスターP《ピー》がわたしのことを、ちゃんとみはっててくれるわ」

ミスターP《ピー》を学校に連《つ》れていけたらいいのに、とルビーは思った。ミスターP《ピー》がいてくれれば、学校でもいろんなことが、うまくいきそうな気がする。

学校に着くと、事務室《じむしつ》の前でよびとめられた。

「待って、ルビー。校長先生が、あなたと話したいそうよ」

「でも、もう授業《じゅぎょう》がはじまって……」

事務主事《じむしゅじ》さんに見つめられて、ルビーはため息をつき、校長室の前のいすにすわった。

校長室にはこれまで何度もよばれているから、校長のベイフォード先生のことは、よくわかっている。お説教《せっきょう》をして、それで終わりというタイプの先生ではない。いつもすごくやさしくて、こっちが話したくないと思っていることまで、じょうずにききだそうとする。たとえば、家のことや親のことなんかを。ルビーは、かげで自分がなんといわれているか、知っていた。すぐかっとなる、手におえない子。ふさわしい行動を身につけられないんだったら、学校をやめてもらうべきだ。そういうことを、いまさら校長先生から、わざわざ説明《せつめい》してもらう必要《ひつよう》はない。もしかして、ケリーの両親が正式に、学校にもんくをいってきたのだろうか。ルビーは、ポケットの中のシロクマの毛に、手をやった。

校長室のドアがひらき、入りなさいと声がした。校長先生は、にこにこしている。

「やあ、ルビー。ひきとめて悪かったね。ちょっと話がしたいんだ」

ほーらね、やっぱり、とルビーは思った。

「きみは、ここしばらく学校を休んでたね。ぐあいが悪かったってきいたけど、そうなの？」

ルビーはうなずいた。

「ほんとに病気だったの？」

「はい！　うそだと思うなら、母に電話して、きいてください」

「じつをいうと、そうするつもりだったんだよ。だけど、何度かけても、電話がつながらなくてね。お母さんはいつも仕事やきみの弟さんの世話でいそがしいから――と、この前、きみは説明《せつめい》してたけど……」

ルビーは、かたをすくめた。ルビーが家にいるときには、わざわざママのけいたいを、じゅう電したりしない。校長先生をママと話させないためには、それがいちばんいい。

「ねえ、ルビー――」

校長先生は、回転いすを右に、左にゆすると、つくえの上に身を乗りだした。

「――じつは、きみを見かけたって人から、れんらくがあったんだよ。ハイクロス・ショッピングセンターで、その……」

校長先生は、まゆをしかめてメモを読んだ。

「……シロクマといっしょにいたって」

校長先生がクックックッと笑《わら》うと、まゆげがもじょもじょ動いた。ルビーはドキッとした。いったい、だれが見ていたんだろう？　校長先生は話をつづけた。

「さすがに、それはないと思ったよ。だけど、ルーカス・ポッティンジャーが、お父さんが昨日《きのう》、ゆうびんを配達《はいたつ》してるとちゅうで、シロクマにおそわれかけたと話してるのを、きいてね。きみの家の近くだそうじゃないか」

校長先生は、まゆを上げ、ルビーの返事を待った。

「ミスターP《ピー》は、ルーカスのお父さんをおそったりしてません。そんなの、ルーカスの作り話です」

「ミスターP《ピー》？　ミスターP《ピー》って、だれだい？」

ぼけつをほるとは、このことだ。

「だれでもないです。気にしないでください」

「いや、きみはいま、ミスターP《ピー》はルーカスのお父さんをおそってない、といった。そのミスターP《ピー》とはだれなのか、教えてもらいたい」

校長先生のまゆげは、ますます高いところに上がった。ルビーの意見では、ベイフォード校長のまゆげは、動きすぎだ。

「シロクマです」

ルビーは、ため息をついた。

「ちょっと前に公園からうちまでついてきて、いま、いっしょにくらしています。わたしは、毎日二十四時間、シロクマの世話をしなきゃならないんです。だから、ずっと家にいる必要《ひつよう》があったんです」

「じゃあ、ハイクロスでは、何をしてたんだい？」

ルビーは、かたをすくめた。

「運動させてたんです。シロクマは、せまいところにとじこめられる生活には、なれてないから」

「なるほど！」

校長先生は手を打ちならした。

「きみの想像力《そうぞうりょく》には、百点満点《ひゃくてんまんてん》をあげよう。ずる休みの言いわけにシロクマをつかわれたのは、はじめてだ。きみとルーカスで、口うらを合わせて、そんな話をでっちあげたんだろう？　だがね、ルビー、ほんとのことをいうほうが、ずっとかんたんなこともあるんだよ」

信《しん》じてもらえないからといって、校長先生をせめることはできない。だけど、ほかにどういえばいい？　ルビーは、ポケットからシロクマの毛玉を出して、先生に見せた。校長先生は、毛玉を手にとり、しげしげとながめた。

「こんな毛のかたまりがあるからって、シロクマがいることにはならないよ、ルビー」

「うそなんか、ついてません。それに、**ずる休み**じゃありません」

「わかった。もう一度だけ、お母さんに電話してみよう。シロクマがほんとにいるかどうか、お母さんにきけば、わかるかな？」

「もちろんです。いまも、母といっしょにいますから」

校長先生は、まいったなというように首をふり、電話をかけた。よびだし音がきこえる。一回、二回、三回。

「はい」

電話のむこうの声が、ルビーにもきこえた。この声は……もしかして、モレスビーさん？

それから三十分ほどたったころ、ベイフォード校長は、校長室のドアをあけ、モレスビーさんをまねきいれた。でも、シロクマのすがたを見たとたん、校長先生は気ぜつして、ゆかにのびてしまった。校長先生になるための勉強に、シロクマが来たらどうすればいいかということは、入っていなかったらしい。

モレスビーさんは、ここでも元かんごしの実力を

はっきりして、校長先生に安全で楽なしせいをとらせ、意識《いしき》がもどるのを待った。目をさました校長先生は、ルビーが持ってきた水を飲むと、モレスビーさんとミスターP《ピー》に話があるから、きみは教室に行ってなさいといった。それこそルビーがおそれていたことだ。校長先生は、モレスビーさんと何を話すつもりだろう？　モレスビーさんは、校長先生に何をいうだろう？　しかたなく教室に行ったものの、ぜんぜん勉強に集中できなかった。みんながひそひそ、自分のことを話しているのもわかる。

しばらくして、ルビーは、また校長室によばれた。校長先生の顔は、まだちょっと青ざめている。そのことに、気づかないわけにはいかなかった。

「悪いけど、モレスビーさんとミスターP《ピー》には、帰ってもらったよ。健康《けんこう》と安全のためにね。校門から中には、シロクマは入っちゃいけないことになってるんだ」

「でも、うそじゃなかったでしょう？」

校長先生は、ルビーの目をまっすぐに見た。

「モレスビーさんからきいたよ。きみはいま、たくさんの役目をひとりでこなしてるんだってね。シロクマの世話というのは、なかなかたいへんらしいね。学校のほうで、何か手立てを考えてほしいって、いわれたよ。そこで考えたんだが、きみのためにできることはないか、ちゃんと話しあおう。この学校には、きみとにたような立場の子が、ほかにも何人かいるんだよ」

ルビーは、笑《わら》った。

「シロクマの世話をしてる子が、ほかにもいるっていうんですか、校長先生？　いったい何頭のシロクマが、この町にひっこしてきたんでしょうね」

「いやいや、クマのめんどうを見てる子は、きみだけだと思うよ。だけどね、家でだれかの世話をしてる子はいる。つまり、家族とか、そういう人たちの。それは、きみとよくにてると、いえるんじゃないかな？」

「かもしれませんね」

ルビーは、かたをすくめた。この手の会話は、やはり苦手だ。

「チェリトン先生のクラスの、マレク・セクラを知ってるかい？」

ルビーは、首を横にふった。顔は知っているけど、それ以上《いじょう》は知らない。

「マレクは、お父さんの世話をしてるんだよ。ほかにもひとりふたり、同じような子がいる。そういう家庭の事情《じじょう》を教えておいてくれると、いろんなことがやりやすくなるんだ。担任《たんにん》の先生につたえて、勉強がおくれたりしないよう、気をつけてもらえるからね。学校のほかにも、きみたちの手助けをしてくれるところは、いろいろあるんだよ」

校長先生は、引き出しから、小さなパンフレットをひとつとりだして、ルビーにわたした。ルビーは、パンフレットの表紙を見た。「ヤングケアラー」というものについて、書いてあるらしい。ルビーは、ちょっとのあいだ指でいじっていただけで、すぐ、そのパンフレットを校長先生に返そうとした。

「シロクマのことは、書いてないと思います」

「かもしれないね」と、校長先生はいった。「でもまあ、持っていてごらん」

しかたなく、ルビーはパンフレットをポケットにしまった。

校長先生がいった。

「考えてみたんだけどね、デニス先生のクラスからチェリトン先生のクラスに、うつってはどうかな？　チェリトン先生は、これまでマレクを見てきて、なれてるし、きみとマレクが知りあうにも、いいチャンスだ」

ルビーは、ちょっと考えてみた。べつに、わざわざマレクと知りあいになりたいとは、思わない。

だけど、ルーカスやケリーとはなれられるのなら、なんでもする。

「ありがとうございます、校長先生。そうしてもらえると、うれしいです」

校長先生は、パソコンに向かい、何か打ちこんだ。

「これからは、ほんとのことを話すと、約束《やくそく》してくれるかい？」

「わたしはいつでも、ほんとのことをいってます」

ルビーはそういいながら、せなかにかた手をまわし、人差《ひとさ》し指と中指をかさねて、うそをついてもばちのあたらないおまじないをした。

「でも、シロクマのことは、あんまりいろんな人に、しゃべらないでください。あのクマは、わたしが世話をするのに、なれてきたところなんです。どこかべつのところに連《つ》れていかれるのは、いやがると思います」

校長先生はうなずき、またパソコンに何か打ちこんだ。

親の話をするより、シロクマの話をするほうが、ずっとかんたんだな、とルビーは思った。

13 サプライズ！ サプライズ！

その日、ルビーは早足で、家まで帰った。モレスビーさんに、百回くらいお礼《れい》をいいたい。校長先生にママのことをいわないでくれて、ありがとうって。ミスターP《ピー》にもいいたい。ミスターP《ピー》がほんもののシロクマでよかった。そのせいで、校長先生は気ぜつしちゃったけど。

ルビーは、そっとげんかんをあけ、家に入った。すごく静《しず》かだ。みんな、るすなんだろうか？ ドアをしめ、部屋の中を見たルビーは、思わずぎゅっと目をとじた。それから、もう一度、あけてみる。

夢《ゆめ》じゃないよね？

いすのせもたれに、「11」と書いた風船がむすんである。テーブルの上には、ろうそくを立てたケーキと、でこぼこの大きなプレゼントのつつみがふたつ。ルビーの手から、通学かばんが落ちた。

「サプラーイズ！」

べつのいすのうしろから、ママがとびだしてきた。モレスビーさんが、ルビーの部屋のドアのかげから、あらわれた。こしのところに、レオがごきげんで、だっこされている。ミスターP《ピー》は、毛むくじゃらの顔に満面《まんめん》の笑《え》みをうかべて、ベランダからかけこんできた。

「たんじょう日、おめでとう」と、ママがいった。「一日おくれになっちゃったけど、ゆるしてね」

ゆるすもなにも、ルビーはうれしくて、むねがいっぱいで、いまにも泣きだしそうな気分だ。

「ほんとにごめんなさい。わざと知らんぷりしてたわけじゃないのよ。今日、モレスビーさんと話してて、はじめて……とにかく、プレゼント、気に入ってもらえるといいけど」

体がふるえそうなくらい、わくわくする。

「あけていい？」

まずは、カードをひらいてみた。それが「れいぎ」というものだと、いつもいわれていたから。

ルビーへ
おたんじょう日おめでとう
ママと、レオと、ミスターP《ピー》より、
愛《あい》をこめて

ルビーは、三人に笑《わら》いかけ、プレゼントに手をのばした。リボンをほどき、ドキドキしながら、つつみ紙をはがす。中身が何かは、もうわかっていた。形でわかる。重さでわかる。

つつみ紙がゆかに落ち、ルビーのうでの中には、いままでもらった中で最高《さいこう》の、プレゼントがあった。

つややかな青色の、
新品じゃないけど、
すっごくかっこいい、
スケートボード！　ルビーのボードだ！

「ちゃんと乗れるように、直しといたからね。ずっと前にパパがつかってた、競技用《きょうぎよう》のボードの中から、選《えら》んだの。もらってくれたら、パパも喜《よろこ》ぶと思うわ。約束《やくそく》だったしね」

ママがパパの話をするなんて、いつ以来《いらい》だろう。ルビーは、ママにきいた。

「なんで知ってるの？　約束《やくそく》のこと、話したことないよね？」

「パパとママだって、話くらいしたのよ。もうずいぶん前のことだけどね」

ルビーはボードを、なめるように見た。

「ママって、しゅうりの天才。すごいよ。ありがとう」

ママは、ルビーを見て、にっこりした。

「お礼をいわなきゃならないのは、**ママのほう**よ。あなたが毎日やってくれてることぜんぶに、ありがとうっていいたい」

夢《ゆめ》じゃないと思えるまで、ルビーはしばらく、てんじょうを見つめていないといけなかった。ルビーは、大きく**鼻をすった**。すると、ミスターP《ピー》も、まねして**鼻をすった**。ルビーが手のこうでなみだをぬぐうと、ママとモレスビーさんも同じことをし、ミスターP《ピー》までが、両目をこすった。

それから、モレスビーさんが、小さいほうのつつみを、ルビーにわたした。あけてみると、中には、ひざあてとひじあて、それに、ヘルメットが入っていた。

「おさがりで悪いんだけど、役にはたつわ。それに、こういうのを、ちゃんとつけないとね。わすれたら、だめよ」

ルビーは、言葉が出なかった。ママと、レオと、モレスビーさんに、順番《じゅんばん》にぎゅっとだきついた。それから、ふりむいて、ミスターP《ピー》とハイタッチした。

ママが、ケーキに立てた花火のろうそくに、火をつけた。**シューッ**と音をたてながら、ろうそくが**きらきら**光る。ルビーのむねの中でも、何かがシュワシュワはじけて、花火のようにかがやいている気がした。

願《ねが》いが、**ほんとうに**かなったんだ。ちょっとばかり、ちこくだったけど！

14 朝の公園とボーダーの少年

ルビーは、夜明けとともにミスターP《ピー》を起こし、いっしょに公園に行くことにした。だれもいない時間に、もらったばかりのスケートボードを、ためしてみたかったのだ。だれかに見られて、ばかにされるのは、いやだったから。そんな早い時間にひとりで出かけるのはこわいけど、シロクマがそばにいれば、安心だ。ミスターP《ピー》が、ちゃんとルビーを守ってくれる。

ルビーはいつも、一流のスケートボーダーのようにすべる自分を、想像《そうぞう》していた。でも、じっさいには、スケートボードがあるからといって、すぐ乗れるものでもないことに、気がついた。そうなるとますます、パパがここにいて、乗りかたを教えてくれたらいいのにと、思わずにいられない。だけど、スケボーのざっしは、たくさん読んできたから、きっとやれるはずだ。そこまでむずかしいわけがない。

まずは、平らなところからだ。さすがに、それくらいはできるだろう。ルビーは、ひじあてとひざあてをつけ、ヘルメットをかぶって、公園の中の道にボードを置《お》いた。ミスターP《ピー》は、何がはじまる

んだろうという顔で、ルビーを見ている。

ルビーは、パパがどうやっていたか、ひとつ残《のこ》らず思いだそうとした。だけど、いざ、ボードを前にすると、何ひとつ、思っていたようにはいかない気がしてきた。

ボードのデッキにかた足を乗せ、数回前後に動かして、感覚《かんかく》をたしかめてみる。見てるとかんたんそうなのに、けっこうむずかしい。はずみをつけて両足で乗り、バランスをとろうとしたけれど、たった二メートルで、もうぐらついて乗っていられなくなり、ボードをおりてしまった。

ミスターP《ピー》は、鼻にしわをよせた。感心している顔ではない。ルビーはミスターP《ピー》を、ちょっとにらんだ。二回めのトライ。今度もあわててとびおりたけど、アスファルトの上に、バタッと思いきり、ころんでしまった。ルビーは草の上までころがっていき、あおむけになった。かた足をかかえ、いたみに顔をゆがめて、食いしばった歯のあいだから「うー、うー、うー」と、うめき声をもらす。

ミスターP《ピー》は目をおおって、ルビーのとなりに、こしをおろした。

「平気よ」ルビーはむっとして、いった。「たいして、いたくないわ」

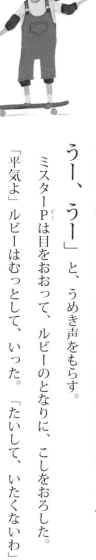

三回め、四回め、五回め、六回め。七回め、八回め、九回め、十回め！　ルビーは、スケートボードをけっとばし、草の上にすわりこんだ。むずかしいとは思ったけれど、こんなにむずかしいなんて。

ミスターP《ピー》が、「立って」というように鼻でつつく。ルビーは知らんぷりした。ミスターP《ピー》は、もう一度ルビーをつつき、もしゃもしゃの前足で、動かないようにスケートボードをおさえた。ルビーはもう一度、ボードに乗った。

「べつに、あんたの助けなんて、いらないんだからね」

白い毛をぎゅっとつかんでバランスをとると、ミスターP《ピー》は、ルビーとならんで、とことこ歩きだした。

「これくらい、ひとりでもできるんだから」

だけど、ミスターP《ピー》はとくいげな顔で、小走りをつづけた。

風が、ルビーの顔をやさしくなでる。アスファルトの上をすべるウィールの音がきこえる。デッキをふむ感覚《かんかく》がわかりはじめ、ルビーは、ミスターP《ピー》の毛をつかんでいた手を、はなした。そうか、スケボーって、こんな感じなんだ！　路面がウィールの下を、さーっと流れていく。ルビーは、声をたてて笑《わら》った。でも、スピードのコントロールができないまま、気づくと、スケートパークのほうへ、すごいいきおいで、すべりだしていた。ミスターP《ピー》が、走って追いかけてくる。そして——

きゃああああああ！

ミスターP《ピー》が、オーバーオールのうしろをくわえ、ルビーをボードから持ちあげた。つぎのしゅんかん、ルビーのスケボーは、スケートパークをかこむかべに、つっこんでいった。ボードがふっとび、地面にころがる。ルビーは、ミスターP《ピー》の口から、ぶらさげられたまま、それを見ていた。

「何すんのよ！　自分でとまれたわよ。ちゃんと、わかってんだから！」

ルビーは、きんきん声でどなりつけた。

かべのすぐむこうから、だれかの笑《わら》う声がした。それから、ぴょこんと頭がひとつのぞいた。

にーっと笑顔《えがお》をうかべている。

「こんなクールなトリック、はじめて見たよ。いまの、なんてわざ？

シロクマ・フリップ？」

ルビーは、トマトのようにまっ赤になった。早く地面におろしてほしい。男の子は、ゲートをまわってやってくると、ルビーのスケボーをひろい、持ってきてくれた。

「すてきなクマだね。きみの？」

「ちがうわ」

ルビーは、顔をしかめて、ミスターP《ピー》を見た。ミスターP《ピー》が口をあけ、ルビーはドサッと、地面に落ちた。ルビーは立ちあがり、服をはたいて、ミスターP《ピー》を横目でにらんだ。

「ぼくは、コナー」

男の子が、じこしょうかいした。

「ルビーよ」

ルビーは、まだ赤くなったままだ。

「で、そっちは……？」と、コナーは、あごでシロクマを指した。

「こちらさまですか？」

ルビーは、こしに手をあて、皮肉たっぷりにいった。

「こちらは、ミスターP《ピー》よ」

ミスターP《ピー》には、あとでもんくいってやらなきゃ、とルビーは思った。

コナーが、かた手を上げると、ミスターP《ピー》も前足を上げて、ふたりはハイタッチした。

「かしこいクマだね。このクマもスケボーやるの？」

ルビーは笑《わら》った。

「シロクマが？　まさか」

コナーは、ルビーのスケートボードに目をやり、しげしげとながめた。

「このボード、すげえな」

コナーはボードを地面に置《お》き、くるっとフリップさせて、手にもどした。

「どこで手に入れたの？」

「パパのだったの。それをママが、わたし用に直してくれたのよ」

「いいねえ。で……こんなに早起きしたのは、おしゃべりするためじゃないんだろ？　いっしょに風をつかまえにいこうぜ」

ルビーは、どこかにかくれたい気持ちになって、ミスターP《ピー》のほうに、ずずずっと、よった。何かうまい言いわけは、ないだろうか。ルビーには、風をつかまえられない。とにかく、まだ、すぐにはむりだ。

「ねえ、どう？」と、コナーがうながした。

「うん……じつはわたし、トリックはまだ、ひとつもできないんだ。ほんというと、スケボーやるのも、はじめてなの！」

いってしまった。コナーはあきれて、もどっていくだろう。ルビーがボーダーじゃないとわかったんだから、ここにぐずぐずしている理由はない。

「マジかよ！」

コナーが、声をあげた。

「なのに、こんなボード持ってんの？　じゃあ、一からはじめないとね。よかったら、教えるよ」

「いいの……だいじょうぶだから」

だれかが親切にしてくれても、ルビーはいつも、それをうたがってしまう。それに、このスケートパークでいちばんクールなスケートボーダーが、まったくの初心者の手伝《てつだ》いをしてくれるなんて、とても考えられない。

いきなり、ミスターP《ピー》が、ルビーのせなかをおした。ルビーは前によろけ、ふりかえって、ミスターP《ピー》をにらんだ。

「えんりょすんなよ」

コナーが、いった。

「とまりかたも教えてやるよ……歯はつかわないから、安心しな！」

これには、ルビーも笑《わら》ってしまった。

コナーは、ボードにどう体重をかけたらうまくバランスがとれるか、教えてくれた。

「ぜったいやってやるって気持ち、根気、ガッツ、それに友だち……スケートボーダーになるのに必要《ひつよう》なのは、この四つさ。そのことをわすれないで。かべにぶちあたることも何度かあると思うけどね。さあ、集中していくよ。ほかの連中《れんちゅう》が来る前に、きほんをいくつか、練習しよう」

ほかの連中《れんちゅう》？　でも、だれが来るかなんて、心配している時間はない。コナーが見せてくれるお手本を、ルビーは必死《ひっし》でまねした。それからの一時間、コナーは、ルビーが上達《じょうたつ》するように、いっしょうけんめい教えてくれた。そのあいだ、ミスターP《ピー》は、右へ左へ、ボードの動きを目で追いながら、すべてを頭にたたきこもうとするように、ぱちぱちまばたきしていた。

ルビーは、まさか自分がこんなにできないとは、思っていなかった。コナーにいいところを見せたいとがんばっているのに、何度やっても、ぜんぜんうまくいかない。スタートしたかと思うと――

ガシャッ！

ボードのうしろを地面につけてとまろうとしても――

ガシャン！

ちょっとボードの向きを変《か》えようと思うだけで――

ガシャガシャッ！

ルビーはヘルメットをとり、手のこうで、おでこのあせをぬぐった。

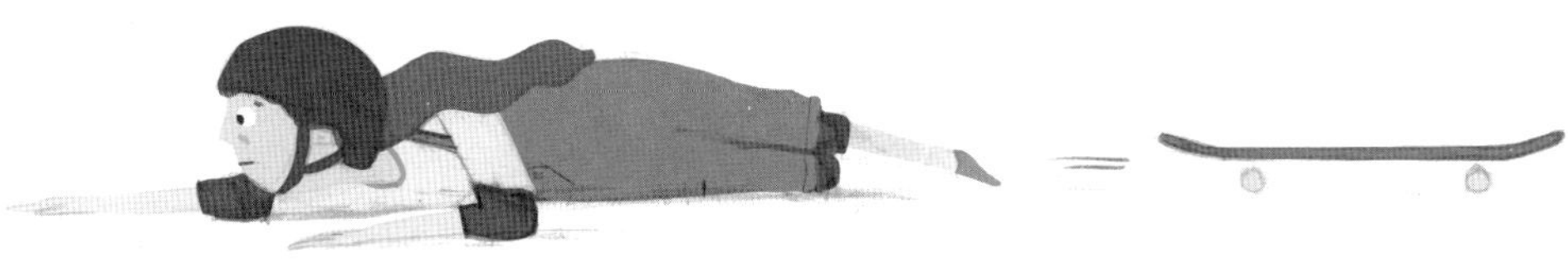

「いくらやっても、だめよ」

ルビーが弱音をはくと、コナーはにっこり笑《わら》って、いった。

「むりしすぎだよ。新しいことにチャレンジするときは、こんなもんさ。なれるまで、ちょっと時間が必要《ひつよう》なんだ」

でも、ルビーには、時間なんかない。はっと、うで時計を見て、ルビーは口をおさえた。むちゅうになりすぎて、帰る時間をわすれていた。ママが、ルビーをよんでいるかもしれない。レオが、おなかをすかせているかも。

「わたし、行かなきゃ」

「じょうだんだろ？ そろそろ、みんなも来るよ。土曜の朝だぜ？ これからが、楽しいんじゃないか」

あなたたちはね、でも、わたしはちがう——と、ルビーは心の中でいった。

コナーは、ボードに乗って行ったり来たりしながら、軽くトリックを決めてみせる。

「そんなすぐに、あきらめるなよ」

「あきらめたんじゃないわ」

ルビーは、むっとして、いいかえした。

「なら、しょうめいしてみなよ」

にっと笑《わら》ったコナーの顔が、やれるか、とたずねている。

ルビーは、かたを落とした。コナーにはわからない。スケートパークでほかのボーダーたちとすごせるなら、ルビーはなんだってする。でも、できないものは、できないのだ。その前にやらなければならないことが、たくさんある。はたさなければならない役目が、たくさんある。そのあいまのちょっとした時間をなんとか見つけて、練習するしかないのだ。

「ごめんなさい」

いかりがこみあげるのを感じたけれど、ルビーはそれをおしころした。

「明日《あした》も来れるよう、がんばってみる」

コナーは、じゃあね、と手を上げた。

「よし。ぼくも明日《あした》、来るよ」

それから、ミスターP《ピー》のほうを向いて、こういった。

「きみも、ボード持っておいでよ。

そしたら、いっしょにすべれるぞ」

15　根気とガッツ

ルビーは家までの道をボードに乗り、ミスターP《ピー》の毛《け》につかまって、すべっていった。

「ほんと、あんたは、人をクールに見せる方法《ほうほう》を知ってるわね」

ルビーは、いやみをいった。

「クマの口からぶらさげられて、わたしがどんなにはずかしかったか、わかる？」

ミスターP《ピー》は、にーっと笑《わら》い、足を速めた。

「あんたさえいなきゃ、あたしにも友だちができたかもしれないのに」

つかんでいた毛をぐっとひっぱると、ミスターP《ピー》は、いきなり立ちどまった。おかげで、ルビーはボードから落っこちそうになった。

「うそ、うそ。ミスターP《ピー》も、少しは役にたってるよ。でもさ、問題はね、コナーみたいな人たちがみんな、わたしをあきらめの早い子だと思ってしまうことよ。そりゃ、ときどきは思うわ。ママの世話をして、レオのめんどうを見て、学校も行く——こんなしんどいこと、ぜんぶ投げだしたいって。

でも、わたしは**そうしない。**なのに、今朝《けさ》みたいに、自分がほんとにやりたいことをやろうとしても、これからが楽しくなるってとこで、もうやめなきゃならない。これって、フェアじゃないよね」

ふたりは歩きだした。

ぜったいやってやるって気持ち、根気、ガッツ、それに友だち。

コナーにとって、それは、スケートボーダーになるために必要《ひつよう》なもの。ルビーにとって、それは生きるのに必要《ひつよう》なものだ。

「どこに行ってたの、ルビー？」

ママは、レオをだいて、戸口に立っていた。

「何時間も帰ってこないんだもの。心配で、たまらなかったわ」

「公園に行ってただけよ。このボードを、ためしてみたかったの」

ママはおこっていた。

「あんな朝早くから、ひとりで公園に行くなんて、ママは反対ですからね。どんな人がうろついてるか、わからないじゃない。何があってもおかしくないわ。わたしがついていけば、よかった」

「だけど、ママ、ぐっすりねてたから。それに、ひとりじゃないよ。ミスターP《ピー》と行ったんだもん」

ママは、きずついたような顔をした。

「ミスターP《ピー》、ミスターP《ピー》って……」

ママはぶつぶついいながら、ひじかけいすに、どさっとこしをおろし、テレビのスイッチを入れた。

ボリュームを上げ、こんなにおもしろい番組、見たことないとでもいうように、画面を見つめている。

でも、そんなふりをしてるだけだ。

ルビーはとまどった。公園に行くことについて、ママがとやかくいったことは、いままで一度もない。それに、ここのところ、ママとミスターP《ピー》は、すごくうまくいっているように見えたのに。

ミスターP《ピー》は、ママがすわっているいすの、ひじかけに頭をのせた。とたんに、テレビ画面がまっ暗になった。

「だれがやったの？」

ママはきょろきょろし、それから、ミスターP《ピー》に目をやった。

「頭をどけて、ミスターP《ピー》。リモコンが下じきになってるわ」

ところが、ミスターP《ピー》は目をつぶり、ひじかけにますます、もたれかかった。ママは、シロクマのあごの下から、なんとかリモコンをとりだそうと、やっきになっているけど、ミスターP《ピー》に、協力《きょうりょく》してあげようという気は、さらさらないようだ。とうとう、ママはあきらめた。家の中に、ちんもくが広がっていく。ママは、ルビーと目を合わせたくないらしい。いったい、どうしたのだろう、とルビーは思った。

だいぶたって、やっとママが口をひらいた。

「手紙を見つけたわ。あなたがパパに書いた手紙よ」

口の中が、からからになり、思わず、目をとじた。ママがとりみだすのも、むりはない。あの手紙は、一通だって、だれかに読まれることはないと、思っていた。パパでさえ、じっさいに読むことはないと。

「あれは、なんでもないの。一通も出してないよ」

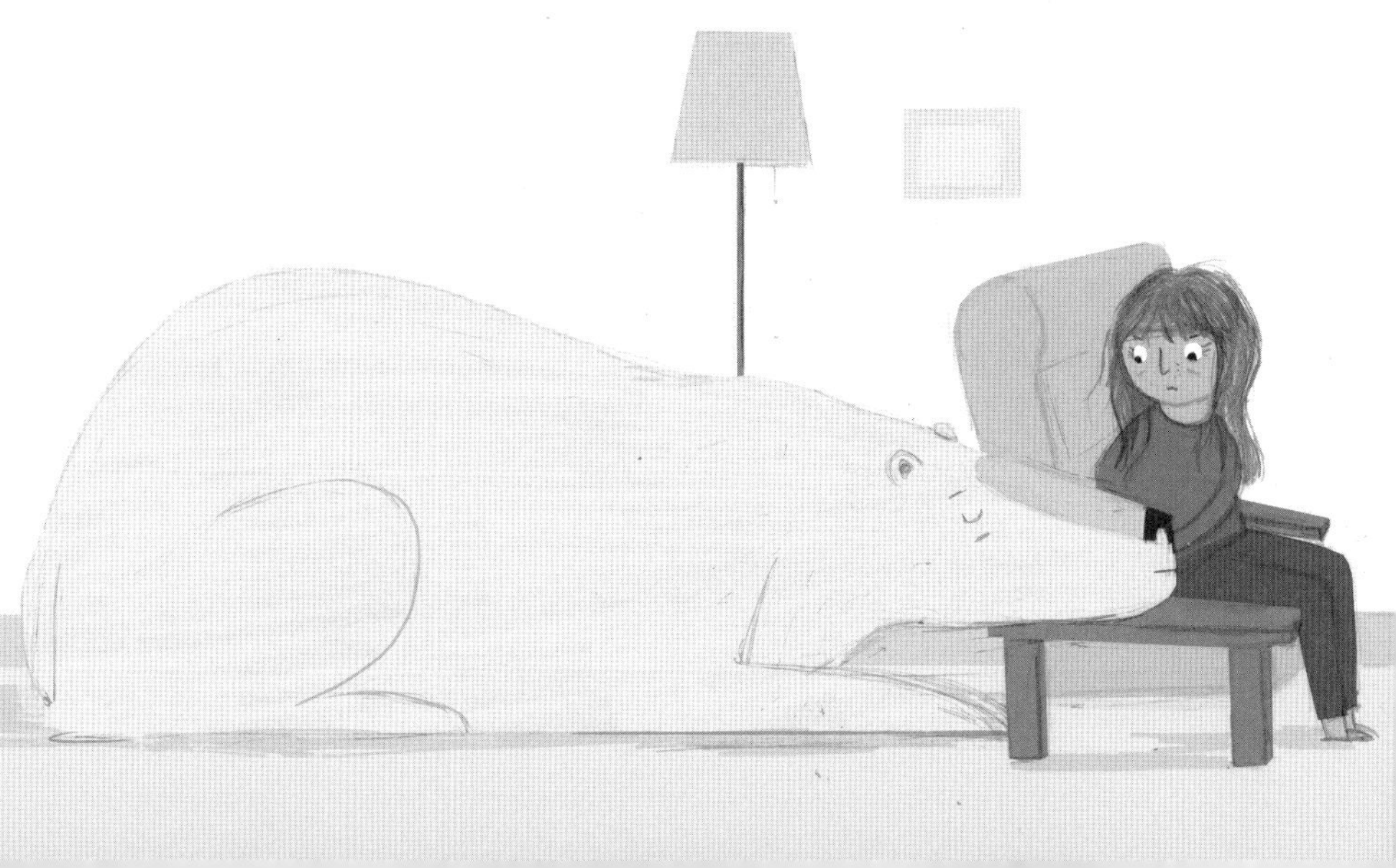

「なんでもないわけないでしょ。話してくれたっていいじゃない。それに、パパにれんらくとりたかったら、わたしにきけばいいのよ」

ルビーは、なんといったらいいか、わからなかった。ずっと、パパの話はしないようにしてきたのだ。いうと、ママがもっと悲しい気持ちになるんじゃないかと思うと、こわくてしかたなかったから。

「ママ、知ってるの？……パパが、どこにいるか」

ママの前で「パパ」という言葉を口にするのは、なんだかふしぎな感じがした。

ママは、かたをすくめた。

「最後《さいご》にれんらくあったのは、アメリカからだったわ。いまもそこにいるかどうかは、わからないけど」

少し考えて、ルビーはいってみた。

「パパが帰ってきたら、ママは元気になる？」

ママは、小さくほほえんだ。

「パパが、こいしいわ。それは、あなたと同じよ、ルビー。でもね、パパは一か所につなぎとめておける人じゃないの」

ママは、かたをすくめ、「しかたないわ」といった。

「それって、つまり、子どもが……わたしとレオができたから、パパは行っちゃったってこと？」

「そんな――ちがうわ！　パパは、あなたのこと大好《だいす》きだったのよ、ルビー。でも、わたしとやってくのが、むずかしくなっちゃったの。わたしが病気になってからはね」

「じゃ、ママが病気になったから、見すてたの？　そんなのひどいよ。ママにフェアじゃない。わたしたちみんなに、フェアじゃない」

ママは、ちょっと考えてから、いった。

「これは、そんなにかんたんな話じゃないの。パパだって、がんばってくれたのよ。だけど……うーん、ほんとに説明《せつめい》するのがむずかしいわ。スケートボードは、パパの人生なの。だから……そうね、両方やるのはむりだったのよ。そういうことに向いてなかったの」

ママは、顔にかかったかみの毛をかきあげた。

「パパがいなくなって、楽になったなあって、思うときもあるのよ」

ルビーはうで組みをし、ママのいったことを、いっしょうけんめい、りかいしようとした。自分はパパによくにていると思ってきたけど、ほんとうは、ぜんぜんちがうとわかった。ルビーは、ママのことも、レオのことも、ぜったい投げだしたりしない。しばりつけられてるのとは、ちがう。わたしは、前に進んでる。しょうめいするんだ。ママの世話をちゃんとして、りっぱなスケートボーダーにもなる。それに、ママが元気になるための手伝《てつだ》いだって、できると思う。ルビーは、急に自分が強くなった気がして、ママをぎゅっとだきしめた。

「ママにお仕事があるの。いやだなんて、いわせないよ」

ママが、ルビーの顔を見た。

「あのね、ママ。ミスターP《ピー》も、スケートボードがほしいんだって」

ママは、口をきゅっとむすんだ。それから、ほっぺにえくぼがうかび、ついに笑《わら》いだした。すぐに、ルビーもレオも笑《わら》いだし、かわいそうにミスターP《ピー》は、何がなんだか、さっぱりわからないという顔をしている。

やっとしゃべれるようになったママが、いった。

「じょうだんでしょ、ルビー？　ミスターP《ピー》が？　スケートボードをやるの？」

「やれるかもよ。ためしてみたら、いいじゃん」

「そうね。そのとおりね！　ちょっと考えてみるわ。そうかんたんには、いきそうにないから」

ルビーはひとり、そっとほほえんだ。

人生に、かんたんなことなんか、ひとつもない。

それでも、わたしはあきらめず、前に進んでいく。

16 さびとほこり

ママは、仕事場の入り口の、南京《なんきん》じょうをあけた。二まいのとびらをひらくとき、ちょうつがいが、ギーッと音をたてた。パチンと電気のスイッチを入れると、まっ暗だった仕事場に、たちまち命がふきこまれた。ルビーは、とりょうとオイルの、かぎなれたにおいを、すいこんだ。ルビーはここへ来てママの仕事を見るのが、好《す》きだった。ひどいありさまでやってきた車が、この仕事場を出ていくときは、まるで新品のようになっている。

「わすれてた。ジェイさんが、車を直してほしいんだって。信号《しんごう》のとこで、ちょっとやっちゃったらしいの」

ルビーはうで組みをして、あんたのせいよ、というように、ミスターP《ピー》を見たけれど、ミスターP《ピー》は、あちこちにおいをかいでまわるのにいそがしく、気づきもしない。

ママは、かみの毛をうしろにやって、ポニーテールにすると、ほこりのつもった作業台を、指でなでた。

「そろそろまた、この仕事場のエンジンも始動させないとね。仕事を再開《さいかい》することを、本気で**考えた**ほうがいいかも」

この言葉は、もう何度もきいた。

仕事にもどるのに**考える**必要《ひつよう》はない。**そうすればいい**だけの話だ。仕事場に来させることは、最初《さいしょ》の一歩でしかない。

ママは、とりょうのかんをひとつとって、さびついたふたをこじあけた。それから、鼻をつっこんで、においをかぐと、ほかのかんといっしょに、ゴミ箱にほうりこんだ。いまは作業台の前にしゃがみこみ、下からいろんなものを、つぎつぎひっぱりだしている。

「たしかこのへんに、古いボードがたくさん、あったと思うわ。すてたりしてないはずだから」

ウィールがひとつもないボードが、出てきた。つぎに出てきたのは、それほど悪くない。

「体重を分散《ぶんさん》させる必要《ひつよう》があるの。一本の足にひとつずつボードがいるわ」

ボードは六まい見つかり、ママは、よさそうな四まいを選《えら》んだ。

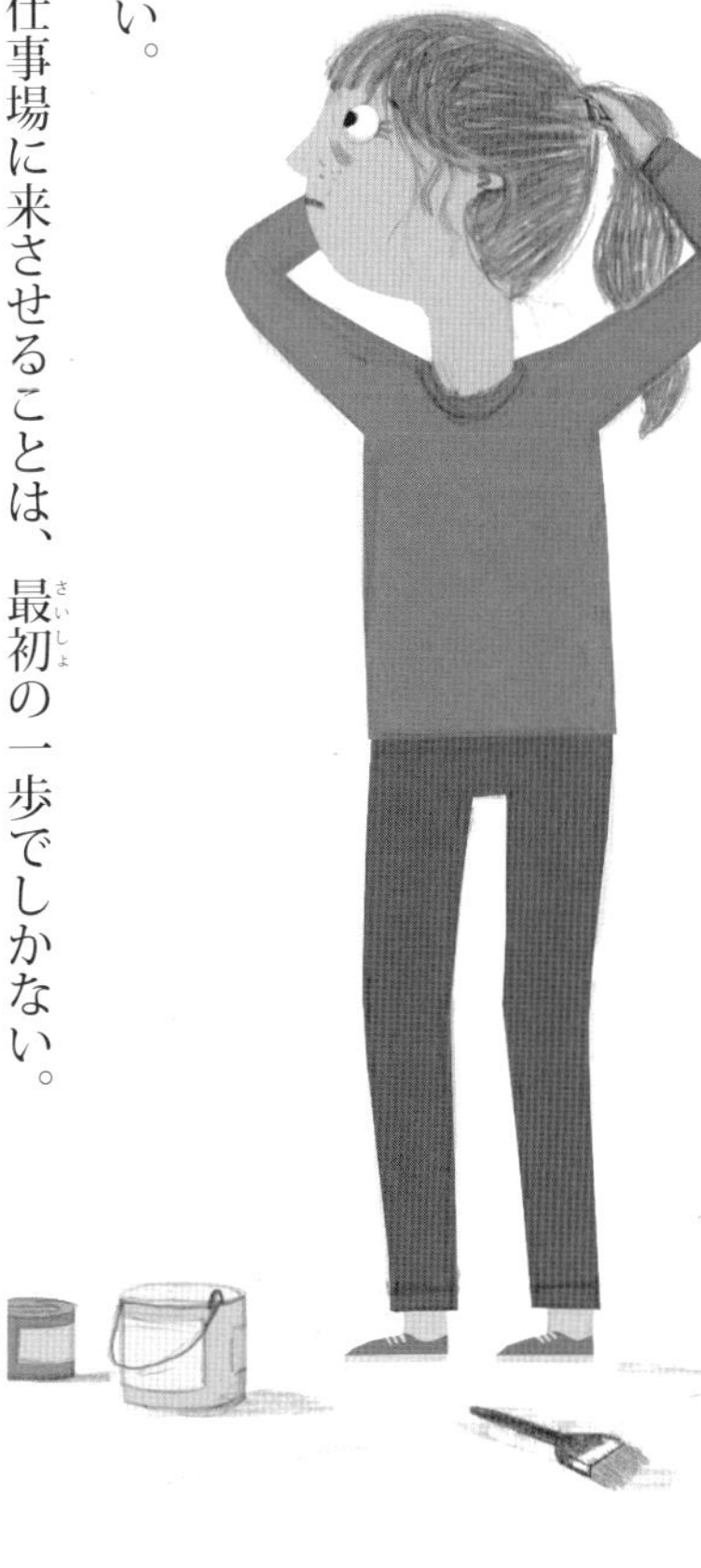

「大きさもつくりも、だいたい同じでないとね」

何かにとりくんでいるときのママの、生き生きとした表情《ひょうじょう》が、ルビーは好《す》きだ。ママが

長さをはかり、あなをあけ……

こわれたところを直していくのを、

ルビーはじっと見ていた。レオは、ベビーカーにきげんよくすわって、仕事場の音や光景《こうけい》を、楽しんでいる。

ミスターP《ピー》は、仕事場のおくのほうを、くんくんかいでまわり、すみずみまで、かくにんしている。

ママがちらっと目を上げて、声をかけた。

「クモでもさがしてるの？　たーくさん、いるわよ」

ミスターP《ピー》は、くるっと向きを変え、前足で鼻をパタパタたたきながら、仕事場の入り口のほうに、すっとんでいった。

「クモ、見つけちゃったみたいね」

ルビーはクスクス笑《わら》い、自分もママの仕事場から日の光の中に出ると、ミスターP《ピー》を手伝《てつだ》って、鼻からクモのすをはらってやった。

「クモなんか、こわくないでしょ、ミスターP《ピー》？　熱気球《ねっききゅう》で空をとぶような、ゆうかんなクマなんだもの」

ルビーは、空を見あげた。ふたりの頭の上を、飛行機《ひこうき》が一機《き》、機首《きしゅ》を上げ、一面の青にすーっと白いすじを残《のこ》して、とんでいく。どこに向かっているんだろう？

「空をとべたら、すてきだろうな。飛行機《ひこうき》でもいい」

ミスターP《ピー》も上を向き、見えなくなるまで、飛行機《ひこうき》を見おくった。

「わたしたち、スケートボードでいっしょにとぶことは、できるかもね」

ルビーは、またクスクス笑《わら》った。

「ね、想像《そうぞう》してみてよ。きっと楽しいよ！」

ママは、スケボーのしゅうりをつづけていたけれど、少しして工具を置《お》く音がし、ミスターP《ピー》を中によんだ。

「さあ、どうぞ」

ママはミスターP《ピー》の足に、ボードを一まいずつ、ストラップでとめていった。ミスターP《ピー》はまずひとつ、足を前後に動かしてみて、それから、べつの足もスライドさせてみた。ルビーは、ミスターP《ピー》

をそっと、出口のほうにおしてやった。ゆかの上をすべっていくミスターP《ピー》の目が、どんどん大きく見ひらかれ、足もそれぞれの方向に、どんどんひらいていった。ミスターP《ピー》は、なんとかしせいを立てなおそうと、じたばたしたものの、まにあわず……

ドサッ！

そのままおなかから、ゆかの上にたおれてしまった。足を四方に大きくひろげたかっこうは、もしゃもしゃ毛のはえた星が、空から落っこちたみたいだ。

「あらら」

ルビーは、必死《ひっし》で笑《わら》いをかみころした。

「ちょっと練習が必要《ひつよう》みたいね」

すると、ママもいった。

「このクマがジャンプを決められるようになるまで、

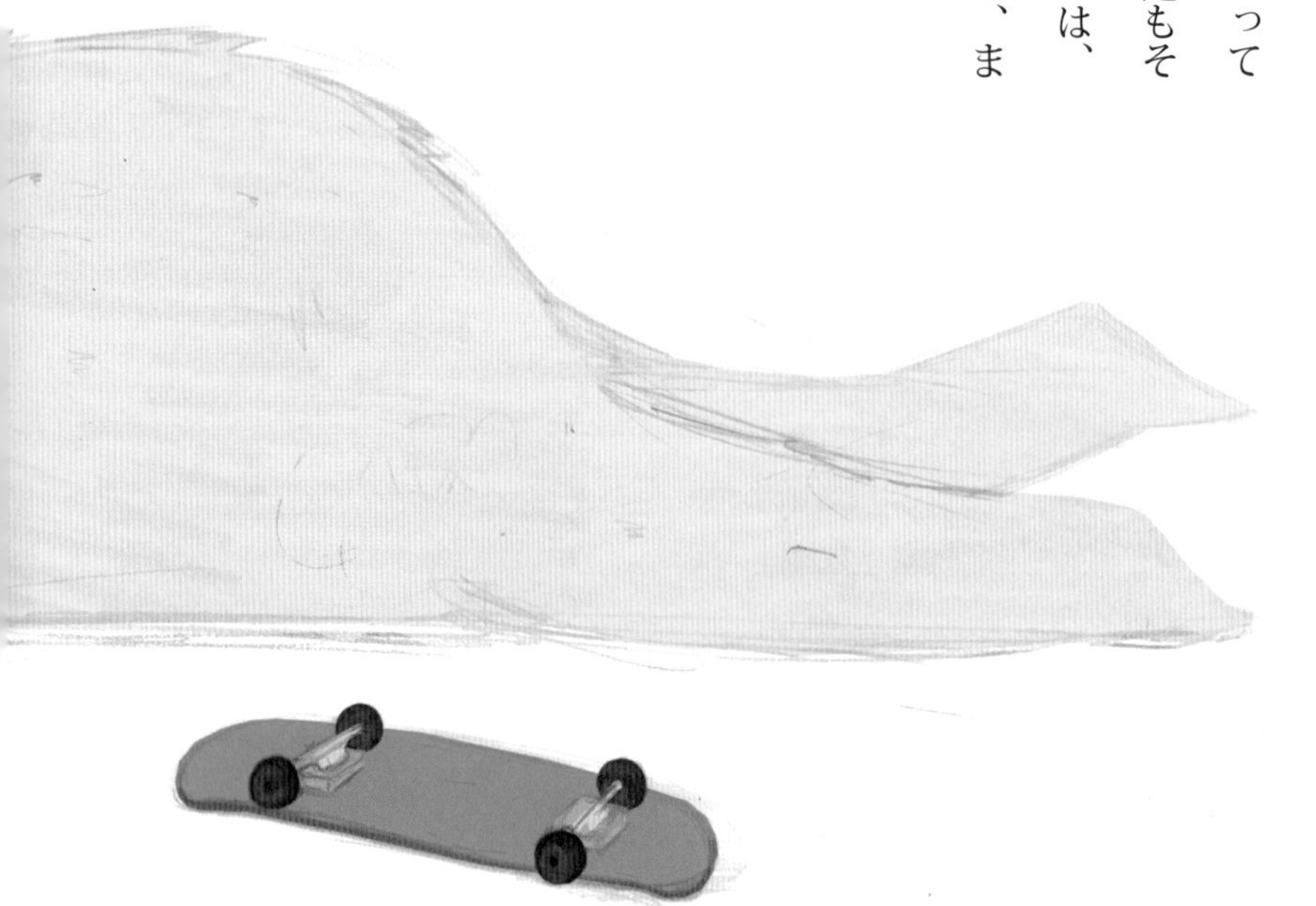

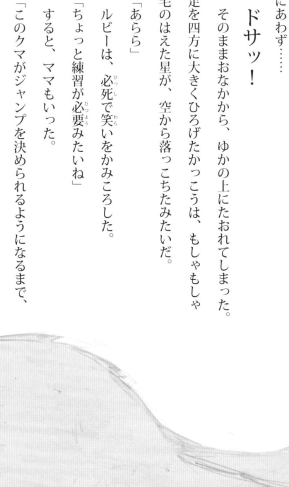

そうとうかかりそうだけどね。このようすだと、ゆかから立たせるだけでも、苦労《くろう》しそうよ」

けっきょく、足からボードをぜんぶはずしてやって、あわれなようすのミスターP《ピー》は、どうにか立ちあがることができた。ミスターP《ピー》は、こんなものきらいだというように、ボードをけとばすと、また外に出ていった。

「ぜったいやってやるって気持ち、

それに――」

ルビーはつぶやき、ボードを一まいひろって、ミスターP《ピー》の目の前でふった。

「――根気、そして、ガッツ」

ミスターP《ピー》は、不満《ふまん》げに歯をむきだして、うなった。

「そのうち、こつがつかめるわよ」

ミスターP《ピー》は、フンと上を向いて、そのまま行ってしまった。

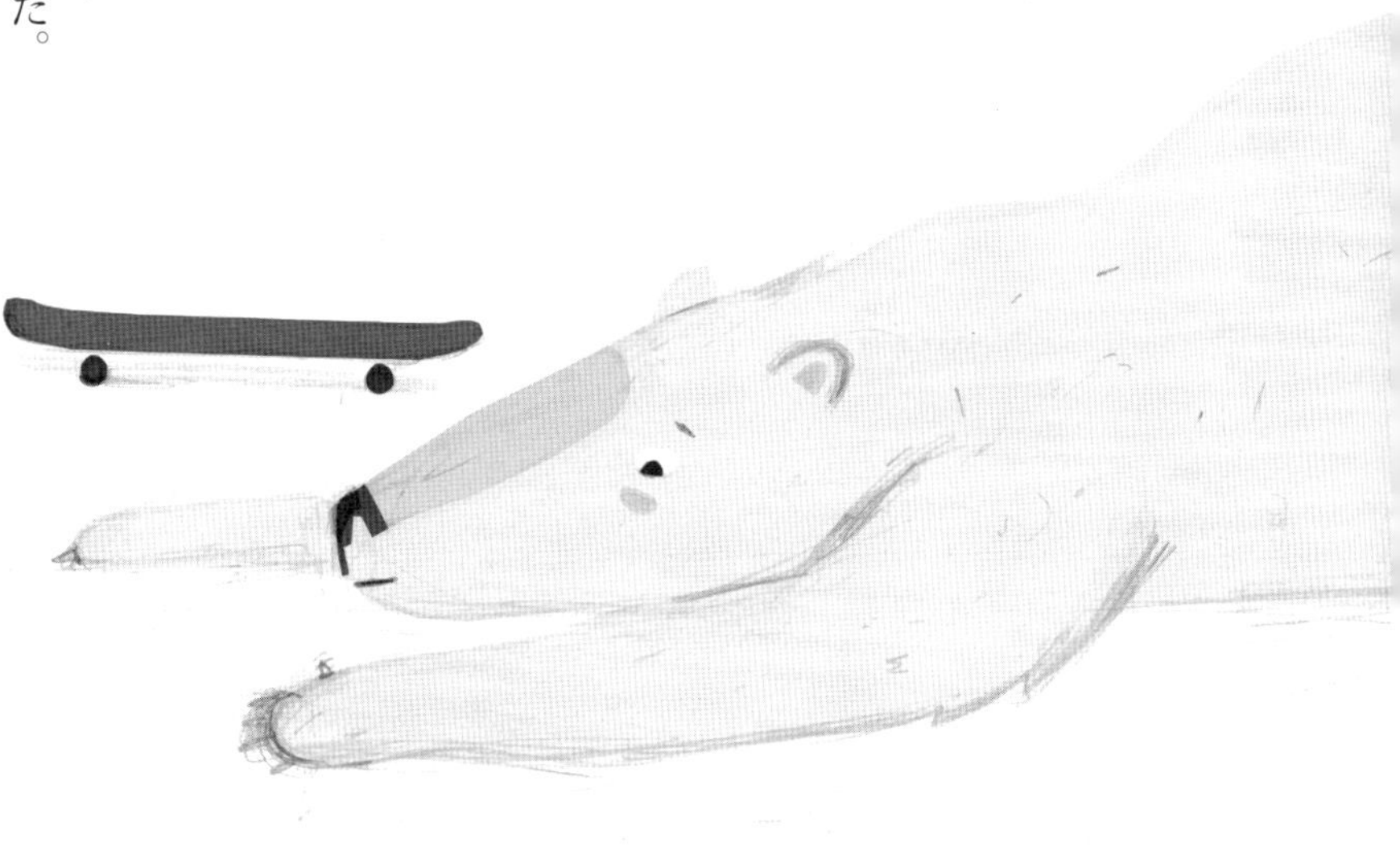

大好《だいす》きなパパへ

いままでで最高《さいこう》の週末《しゅうまつ》でした。わたしはもう、自分のボードを持っています。ママがたんじょう日に、プレゼントしてくれました。パパの古いボードを直してくれたんだけど、すごくすてきです。昨日《きのう》は、スケートパークで、コナーっていう男の子に会いました。コナーはわたしに、乗りかたのこつみたいなものを、教えてくれたの。コナーはもう、フロントサイド180《ワン・エイティ》もできるのよ。年は、わたしとそんなに変《か》わらないのに。

ママは、ミスターP《ピー》用のスケートボードも、つくってくれました。それで今朝《けさ》、ミスターP《ピー》も、できたてのボードを持って、練習についてきました。ボード**1まい**でも、乗りかたをおぼえるのはむずかしいと思うなら、**4まい**でためしてみて。あの、すごい転びっぷり！　かわいそうなミスターP《ピー》！

ルビーはえんぴつのおしりをかみ、ミスターP《ピー》がバランスをとろうと、かわりばんこに足を持ちあげ、ふらふら、よろよろ、公園をすべっていくようすを思いだして、クスクス笑《わら》った。ミスターP《ピー》といっしょにいると、楽しい。何度、はでに転んだかわからないけど、ミスターP《ピー》はいつでも立ちあがり、ぶるるっと体をふるって、また進みだす。あんまりへたなもんだから、そばにいるルビーが、ものすごくじょうずに見える。

今朝《けさ》は、スケートパークで、ほかの子たちとも会いました。ひとりは、新しいクラスでいっしょの子です。名前はデイル。いい子です。クラスを変《か》わること、話したっけ？ 月曜から、新しいクラスです。

ルビーより

PS《ピーエス》 あざがたくさん、できました。
PS《ピーエス》その2 体じゅうのきん肉が、いたいです。

PS《ピーエス》その3　ミスターP《ピー》のきん肉は、もっといたいと思う！

ルビーは、手紙をふうとうに入れた。もう、わざわざかくそうとはしない。ママに見られたって、平気だ。

17 変化《へんか》と発見

一週間ずっと、休まずに学校に行った。一週間ずっと、まあまあ楽しくすごせた。

新しいクラスは、前のクラスよりうんとよかった。教室に一歩入ったしゅんかんから、まったく新しいことがはじまったような気がした。ルビーは、デイルのとなりの席《せき》にすわった。デイルはみんなに、ルビーをいいやつだと、しょうかいしてくれた。じっさい、ルビーは、すごくいい感じにすごしていたので、一度もはらがたつようなことはなく、それはつまり、ろうかにつくえが置《お》かれることもなく、校長室に行けといわれることもなかったということだ。

いつまでもこんなふうに、すべてがうまくいくと考えるほど、ルビーは、ばかじゃない。だけど、物事はたしかに、よい方向に変《か》わっていた。モレスビーさんが、ちょくちょくようすを見にきてくれるのも、いいことだ。モレスビーさんとママは、いい友だちになった。チェリトン先生のクラスになったことでも、ほんとうにたすかっている。先生は毎朝、ルビーとマレクに声をかけ、ようすをきいてくれる。マレクのこたえは、いつも同じ。

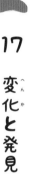

「よかったり悪かったりってやつだよ」

それは、ルビーにもよくわかる。そんなふうに考えることで、ふたりともちょっと楽になれるのだ。

学校が終わってから、二回ほどデイルと、ボードを持って出かけた。ミスターP《ピー》は、マンションで待っているほうを選《えら》んだ。デイルは、それもしかたないさ、といった。ミスターP《ピー》はつかれてるから、いっしょに来るのはむりだよ、と。

「なんで、そんなことわかるのよ?」

ルビーは急に、やきもちのようなものを感じた。

「コナーから、きいたのさ。おれたちが学校に行ってるあいだ、ミスターP《ピー》はずっと、公園で練習してるらしいよ。こうと決めたら**とことんやる**タイプのクマみたいだな」

ルビーは、口もとに笑《わら》いがうかぶのを、おさえることができなかった。ミスターP《ピー》が根気強いことは、もう知っている。でも、あのクマはただ**がんこ**なだけじゃないかと、思うときもある。

「だけど、なんでコナーが知ってんの? コナーも学校があるんじゃないの?」

「ばあちゃんから、きいたんだって。コナーのばあちゃん、ミスターP《ピー》としょっちゅういっしょにいるらしいぜ」

ルビーは、ぽかんと口をあけた。そうか。**そうだったんだ！**　どうして、いままで気がつかなかったんだろう？　コナーのおばあちゃんっていうのは、モレスビーさんにちがいない。ルビーは、モレスビーさんの家にあった写真を思いだした。男の子がスケートボードをやってる写真だ。ルビーは大声で笑《わら》いだした。

「何がそんなにおかしいんだよ？」

デイルがきいた。

「なんでもない。デイルは、コナーのおばあちゃんを知ってるの？」

「コナーから話はきいてるよ。でも、会ったことはない。けどさ、そのばあちゃんがおまえのシロクマとそんなに仲《なか》いいんなら、おまえは、ばあちゃんのこと知ってんだろ？」

「うん。ご近所さんよ。でも、いまのいままで、コナーのおばあちゃんだなんて、気がつかなかった！」

デイルとルビーは、アハハと笑《わら》いながら、ならんで歩いた。ジェイさんのお店の前まで帰ってきたとき、デイルがきいた。

「シロクマとくらすのって、変《へん》な感じしないか？」

ルビーは、かたをすくめた。

「最初《さいしょ》はたいへんだったけど、すぐ、なれたよ。前とはぜんぜんちがう生活に、なったけどね。だって、マンションの同じ部屋の中にシロクマがいるのに、見ないふりはできないでしょ」

「うちにも、シロクマがいたらなあ！」

デイルは、にやにやしている。

「そしたら、姉《ねえ》ちゃんのこと、あっというまに、やっつけてもらえるのに。なあ、ミスターP《ピー》を、かしてくれないか？」

「んー……そのうちね。先に、ルーカスとケリーの家に送りこんでやろうかと思ってるの。ミスターP《ピー》なら、あのふたりに、人に感じよくするってことを、少しは教えてやれるはずだから。でしょ？」

デイルはルビーに、両手の親指を立ててみせた。

「オッケー。ルーカス、ケリー、それから、おれだ。約束《やくそく》だぜ。じゃ、また明日《あした》な」

デイルはかた手を上げると、自分の家のほうへ、去っていった。

ルビーは、それを見おくって、ミスターP《ピー》のことを考えた。ミスターP《ピー》が来てから、ほんとうに変《か》わった。いろんなことが、いい方向に。

その夜は、つかれたという気がしなかった。週末《しゅうまつ》が来ることにわくわくしていたし、明日《あした》、スケートパークへ行くのが、楽しみだった。明日《あした》の土曜日、スケートボードの競技会《きょうぎかい》があって、ルビーは、ママとレオといっしょに、見にいくことにしている。

だけど、ほかにも、何か落ちつかない気分にさせる空気が、あたりにただよっていた。それが何かは、わからないけれど。わくわくするのとは、ちがう。不安《ふあん》みたいなもので、ルビーは気に入らなかった。ミスターP《ピー》も、そわそわしている。でも、それはしかたがない。今夜は暑くて、むしむしする。シロクマにとっては、最悪《さいあく》の夜だ。

ルビーは、うで時計を見た。ジェイさんの店は、十時までやってる。いまは九時。この季節《きせつ》、外はまだ明るいし、行って、自分とミスターP《ピー》用におやつを買ってくるのはどうだろう？　すてきな一週間のしめくくりに、それもいいかもしれない。

ジェイさんの店に行き、ファミリーサイズのチョコレートアイスをカウンターに置《お》いて、ルビーはいった。

「車のこと、ママにいっておきました」

「知ってるよ。昨日《きのう》、お母さんのところに、持ってったとこだ。週明けからとりかかってくれるってさ」

ルビーは、にっこりした。ママからはきいていなかったけど、これはまちがいなく、いいニュースだ。ルビーは、お金をはらうと、アイスがとけてしまわないよう、大急ぎで部屋にもどった。

ルビーとミスターＰ《ピー》は、ベランダのはしっことはしっこにすわった。いま、わずかに残《のこ》っていた最後《さいご》の日の光が、空から消えるところだ。ふたりは、のばした足のうらどうしを、ぴたっとくっつけている。ルビーは、スプーンでアイスクリームを口に運び、ミスターＰ《ピー》は、べろーん、べろーんと、容器《ようき》からじかにアイスをなめている。

「学校にいるあいだ、いっしょにいられなくて、さびし

かった。でも、見て。わたし、あんたのかけらを、ポケットに入れてるのよ」

ルビーが、くるくるまるめたシロクマの毛を出してみせると、ミスターP《ビー》は、鼻をひくひくさせた。

「きいたよ。スケボーの練習してるんだって？　しかも、熱心《ねっしん》に。それって、わたしに対して、あんまりフェアじゃないと思わない？　それに、わたしがいないのに、あちこち出あるくのは、どうかと思うけど。何かトラブル起こしたりしてないでしょうね？」

ミスターP《ビー》は、からっぽになったアイスの容器《ようき》を、ひとしずくでも残《のこ》ってないかなあというように、くんくんかいでいる。

「さあ、もうねないとね。明日《あした》は、早いんだから」

でも、ミスターP《ピー》は、ぐずぐずしている。ぶつくさいうように、うなったりうめいたりしながら、やっとこしを上げた。ルビーも立って、ミスターP《ピー》のかたにうでをかけると、ふたりで夜空の星を見あげた。

「ねえ、ミスターP《ピー》、何をお願《ねが》いした？」

ミスターP《ピー》は、じっと空を見あげているだけだ。その目のすみに、なみだがひとつぶ光るのが見えた気がした。

「そんな悲しい顔しないで。明日《あした》は、スケボーの競技会《きょうぎかい》だよ。きっと楽しいよ」

ミスターP《ピー》は、もうちょっとだけ空を見つめ、それから下を向くと、ゆっくり部屋の中にもどっていった。

18 終わりとはじまり

「それどうしたの、ミスターP《ピー》？」

ミスターP《ピー》は、もしゃもしゃの頭に、新品のぼうしをかぶっている。スケートボーダーがみんなかぶっているようなキャップだ。ミスターP《ピー》は、四まいのスケートボードをげんかんにならべ、家の中をせかせか歩きまわった。最初《さいしょ》はルビーの部屋へ行き、スーツケースをとってきた。何かおかしい。競技会《きょうぎかい》は公園であるのだから、旅じたくの必要《ひつよう》はない。ミスターP《ピー》は、つぎに台所へ行き、かぎづめの一本をつかって、冷《れい》とう庫《こ》のドアをあけた。そして、魚フライの最後《さいご》のひと箱を、口にくわえてとりだすと、スーツケースにしまった。

ミスターP《ピー》がスーツケースのふたをしめるのを見ながら、ルビーはきいた。

「おべんとう？　魚フライは、それで最後《さいご》だよ。だから、いっぺんに食べないほうがいいよ。ママに、もっと買ってもらえるよう、たのまないとね」

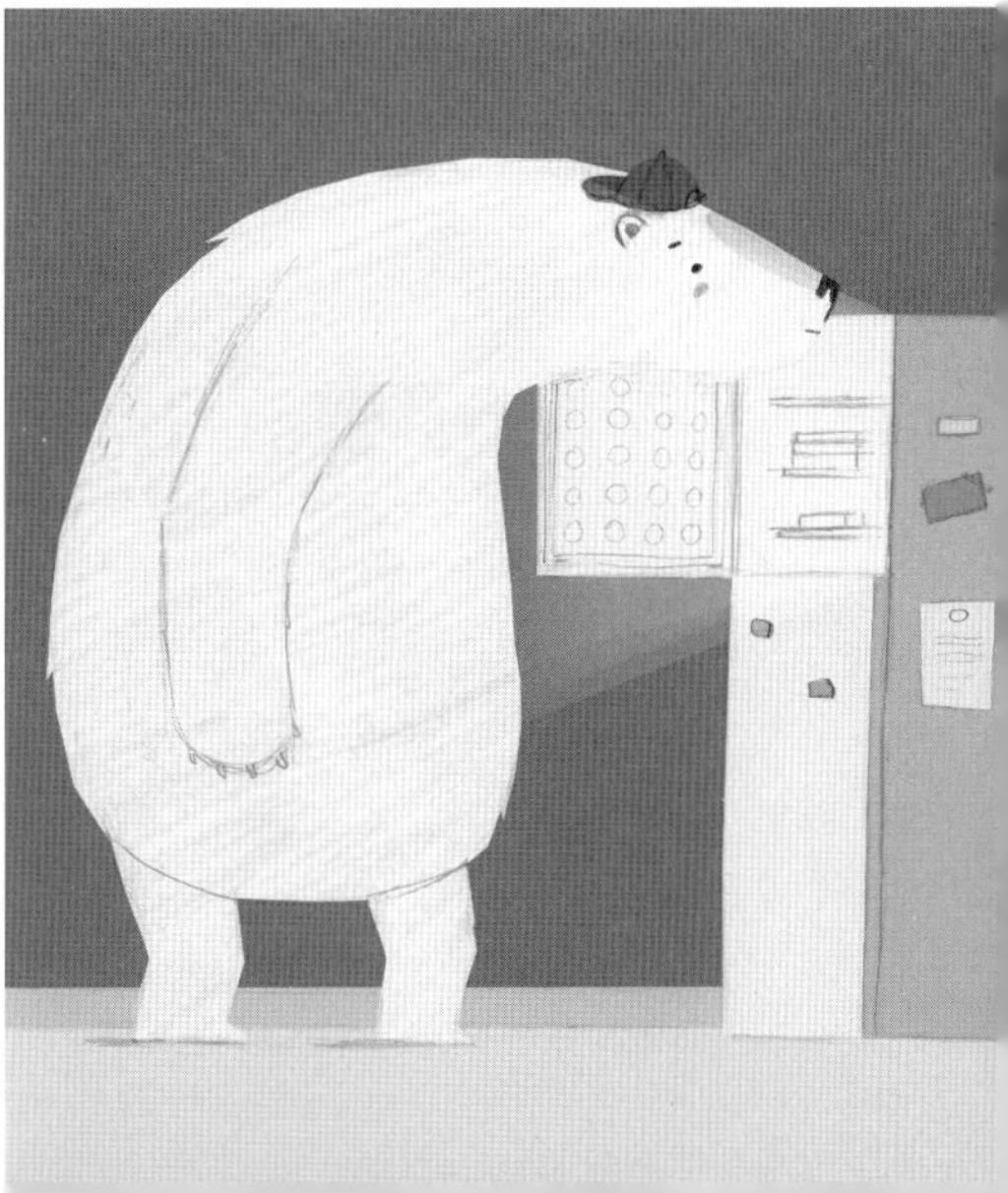

ミスターP《ピー》はげんかんにこしをおろし、かたほうの前足をスーツケースにかけた。

「落ちついて、ミスターP《ピー》。出かけるには、まだ早いよ」

でも、ミスターP《ピー》は、落ちつかない。家族みんなの出かける用意ができるまで、スーツケースのふたの上で、かぎづめをカタカタ鳴らしながら、待っていた。まず、ママとレオがエレベーターで、下までおりた。ルビーとミスターP《ピー》は、二十三階までエレベーターがもどってくるのを、表示《ひょうじ》のランプを見ながら待った。エレベーターに乗りこむと、ミスターP《ピー》は、かぎづめをのばして、一階のボタンをおした。エレベーターが動きだすと、ミスターP《ピー》は、長いため息をついた。ルビーはにっこりした。

「こんなのつまらないって、思ってるんでしょ」

ひとつ階をおりたところで、エレベーターがガタンととまり、ドアがあいた。

「あら、おはよう」

モレスビーさんが、ほがらかにいった。

「もうひとり乗れるだけのスペースは、あるかしら？公園に、スケートボードの競技会《きょうぎかい》を見にいくんだけど」

モレスビーさんは、うしろ向きにエレベーターに乗りこみ、どうにかドアはしまった。

「スケートボードやってるとこを見にいくと、おまごさんがいやがるって、いってませんでしたっけ？」

「そうよ……でも、今日はまごを見にいくんじゃないの。ミスターP《ピー》を見にいくのよ」

ルビーはうめき声を出した。

「まさか、ミスターP《ピー》も競技会《きょうぎかい》に出るなんて、いわないですよね？」

「出るに決まってるじゃないの。

この一週間、ずっとそのじゅんびを、してきたんですもの」

ルビーは、モレスビーさんと自分の横にそびえたっている、大きなクマに目をやり、自分のボードを指でトントンとたたいた。シロクマが競技会《きょうぎかい》に出たときに起こりそうなトラブルなら、千こは思いつく。予想外のじたいなんて、これ以上《いじょう》、かんべんしてほしい。

コナーがルビーにモレスビーさんのことを話さなかったのはたしかだから、ルビーも、自分がコナーを知っていることを、モレスビーさんには、いわないでおいた。でも、ルビーがおばあちゃんを連《つ》れて公園にやってくるのを見たら、コナーは、あせるにちがいない。今朝《けさ》は、**トラブルの種《たね》**

が、そこらじゅうにある。

公園に着くと、モレスビーさんとママとで、ミスターP《ピー》の足にボードをつけてやり、ルビーは自分のしたくをした。コナーがいったとおりだ。ミスターP《ピー》は、練習を積《つ》んでいた。ヒューッとすべっていくスピードは速くて、ルビーはついていくのがやっとだ。でも、おかげでコナーに、モレスビーさんが来ていることを教えてあげるチャンスができた。

スケートパークには、子どもからおとなまで、いろんな年れいの人たちがいっぱいいて、競《きょう》技《ぎ》会《かい》にそなえ、ウォーミングアップをしていた。

レール、ステア、レッジ、ハーフパイプ。

今日は、そのぜんぶがつかわれる。コナーが、ルビーとミスターP《ピー》を見つけて、こっちへすべってきた。

「調子はどう？」

コナーは、ふたりとハイタッチした。

「いちおう教えとくけど、コナーのおばあちゃん、こっちに向かってるわよ」

コナーは笑《わら》って、まいったな、というように、ぐるっと目玉を回した。

「ばあちゃんのこと、ばれちゃったか。うちのばあちゃん、ミスターP《ピー》とすっかり仲《なか》よくなったみたいなんだ」

「コナーのおばあちゃん、すてきな人ね。うらやましい。わたしも、あんなおばあちゃんがほしいわ」

「まあね。毎日ここへ来て、ぼくのことじーっと見てたりしなきゃね」

三人が目をやると、ルビーのママと、レオと、モレスビーさんが、ベンチにこしをおろし、競技会《きょうぎかい》がはじまるのを、待ちかまえていた。

「モレスビーさんがコナーのおばあちゃんだってこと、どうして教えてくれなかったの？」

ルビーがきくと、コナーは下を向き、かたほうのかたを、ほんのちょっと上げた。

「きみがばあちゃんの知り合いだから手をかしたんだって思われるのが、いやだったんだよ」

「で、じっさい、そうなの？」

ルビーは急に、気まずさを感じた。

「ちがうよ！　友だちなら手をかすのがあたりまえだろ？　だから、そうしたんだ。きみがころんでばかりいるのも、おもしろかったし。ああ、それと、きみのクマが気に入ったからね」

ルビーはむっとしたけれど、コナーが満面《まんめん》に笑《え》みをうかべているのを見て、いまのはじょうだんだとわかった。そこにデイルがやってきて、みんなでまたハイタッチした。

ルビーのむねの中で、幸せが風船のように、大きくふくらんだ。

友だち！　やっとわたしにも、ほんとうの友だちができた。

三人は、スケートボードを足につけたミスターP《ピー》が、ランプのプラットフォームに上がるのを手伝《てつだ》い、そこからU《ユー》字形のしゃ面にロールインしていくのを、

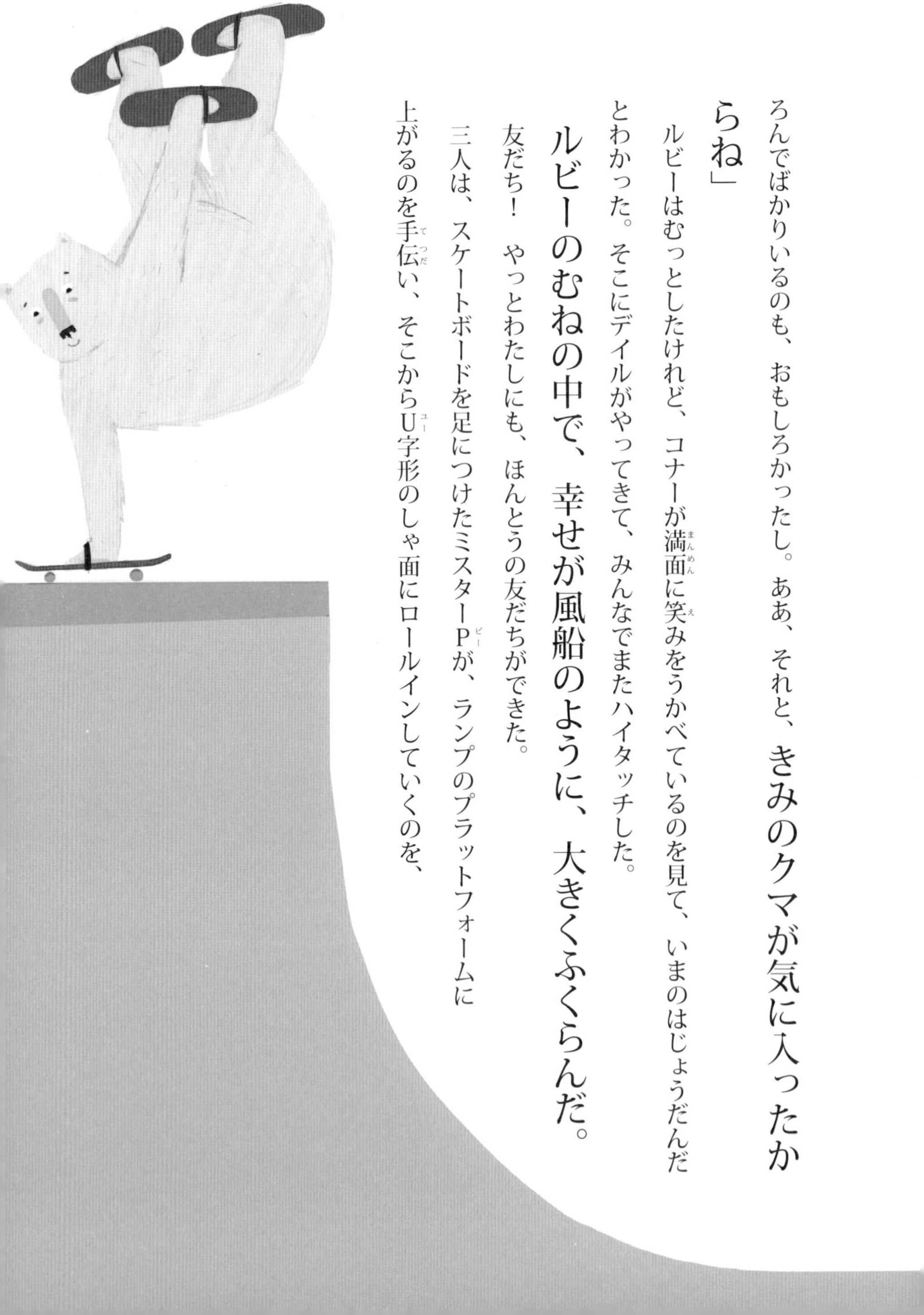

見まもった。ミスターP《ピー》は、毛むくじゃらのひざを曲げて、ハーフパイプのランプを往復《おうふく》し、体重のかけかたをコントロールして、シロクマ・バージョンのフロント・オーリーを、やってのけた。垂直《すいちょく》になったランプのはしで、ボードごとジャンプし、くるっと半回転して、ランプにおりるのが、ふつうのフロント・オーリー。ミスターP《ピー》オリジナルのこのわざでは、しゃ面をのぼりきったいきおいで、三本の足を空中に高く上げ、ひらりと体の向きを変《か》えて、ランプにおりる。

ルビーは、目をまるくした。

「あんなわざ、こんな短いあいだに、どうやっておぼえたの？」

「あのセンスは、生まれつきだよ」と、コナーはこたえた。「バランス感覚《かんかく》が、ばつぐんなんだ。氷やなんかの上で生活してるからかな」

「そうかもね」と、ルビーもいった。

ひらり、ひらりとオリジナルのオーリーを決める大きなクマをよけようと、ほかのボーダーたちは身をひるがえし、道をゆずっている。

「だけど、北極《ほっきょく》でスケートボードがはやってるとは、思えないわ」

すると、デイルがいった。

「ミスターP《ピー》が、はやらせるんじゃないか？　自分ちにもどったときにさ」

「いまは、わたしんちがミスターP《ピー》の家よ。ミスターP《ピー》はどこにも行ったりしない」

アナウンスがはじまり、ルビーはスケートパークを出て、ママ、レオ、モレスビーさんとならんで、ベンチにすわった。競技会《きょうぎかい》の出場者は、一か所に集まった。みんな、あざやかな色のハーフパンツをはいて、ボードをかかえている。ちょっと時間がかかっているのは、競技会《きょうぎかい》の事務局《じむきょく》が、シロクマのあつかいにまよっているせいらしい。でも、ミスターP《ピー》のうでまえはもう、みんなの注目を集めているし、けっきょく、最後《さいご》に出場することになった。競技会《きょうぎかい》の**大トリ**をつとめるというわけだ。出番まで待つようにいわれたミスターP《ピー》も、ベンチのほうにやってきて、ルビーたちとすわった。

競技会《きょうぎかい》が、はじまった。出場者のくりだすみごとなトリックの数々に、ルビーのむねは高鳴るいっぽうだ。パパの試合《しあい》を見にいったときのこうふんを思いだす。でも、今日、ここに出場するのは、ルビーの友だちだ。トリックが決まると、場内はかん声にわき、ボーダーたちは、こぶしをつきあげる。うまくいかないこともあって、ボードからとびおりてしまったり、たおれて、そのままランプをすべりおちたりすると、見ている人も「ああっ」と声をもらした。コナーはダントツのすべりをしたけど、デイルはだめだめで、ボードまでこわしてしまった。ママは、学校のあとで仕事場にボードを持ってきたら、直せるかどうか見てあげるといった。それをきいて、ルビーは顔をかがやかせた。ママのとなりにすわっている自分が、ほこらしく思えた。

出番が近づくにつれ、ミスターP《ピー》はいっそう、そわそわしはじめた。コナーとデイル、それに、ほかのボーダーも数人、ミスターP《ピー》のえんぎをいっしょに見ようと、ルビーたちのところにやってきた。ルビーも、ドキドキしてきた。ミスターP《ピー》がはじをかきませんように、といのり、はげましてやった。

「心配ないよ。ここで、みんなとおうえんしてるからね。きっとうまくいくわ」

ミスターP《ピー》はルビーのほうを向くと、自分の鼻をルビーの鼻におしつけた。ルビーは、ミスターP《ピー》のぼうしをとって、耳と耳のあいだをかいてやった。顔に、ミスターP《ピー》のあたたかい息がかかる。

「幸運をいのってるね」

ルビーはささやいた。

ミスターP《ピー》は、スーツケースを口にくわえた。

「待って。なんで、それがいるの？」

ミスターP《ピー》は、きこえなかったような顔で、ゆっくりランプに向かった。

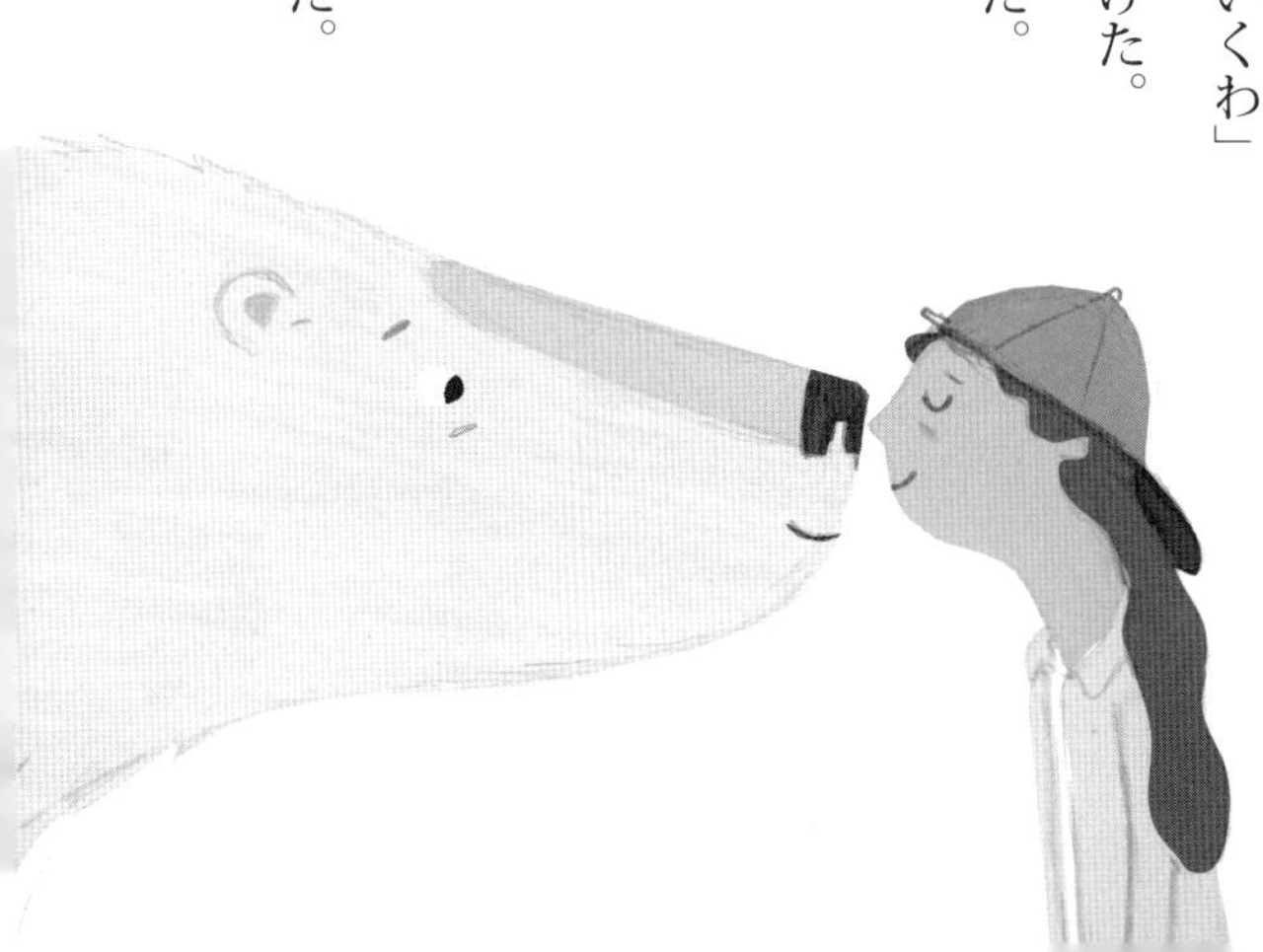

ミスターP《ピー》にとって、スーツケースは、お守りみたいなものかもしれない。ルビーは、ママの手をぎゅっとにぎった。ミスターP《ピー》は位《い》置《ち》につくと、ランプをじっと見おろし、それから目を上げて、遠くを見つめた。まだしっかりと、スーツケースの持ち手をくわえたままだ。ルビーは息をつめて、見まもった。ミスターP《ピー》は最後《さいご》にルビーのほうを向き、数秒間、目を合わせたあとで、ランプにドロップインした。そして、反対側《はんたいがわ》のしゃ面をいきおいよくのぼりつめると、高くジャンプして空中にとびだし、公園のフェンスをこえて、むこう側《がわ》の道に四まいのボードでみごとに着地した。

そして、そのまま、すべりつづけた……

向こうへ……　向こうへ……。

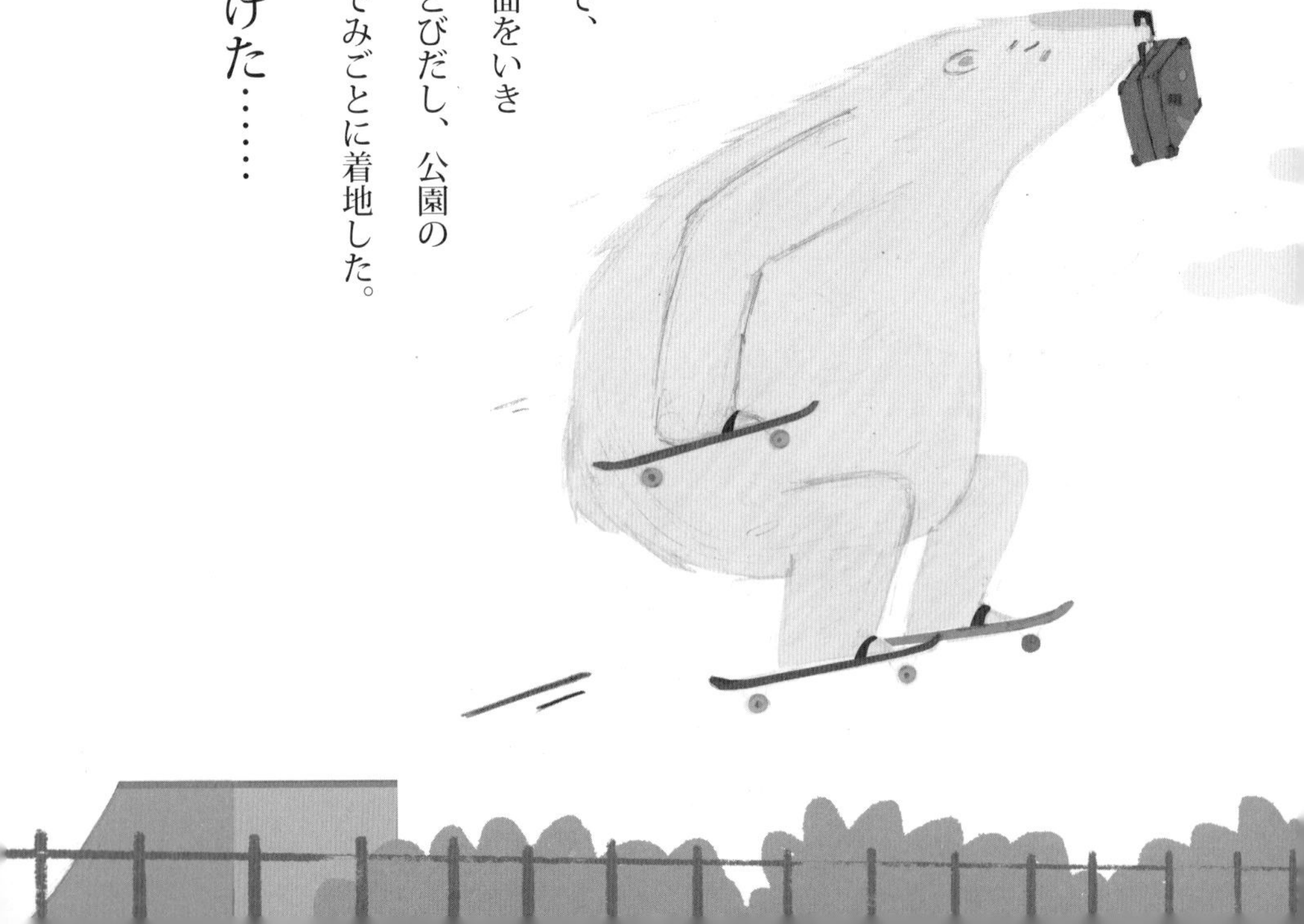

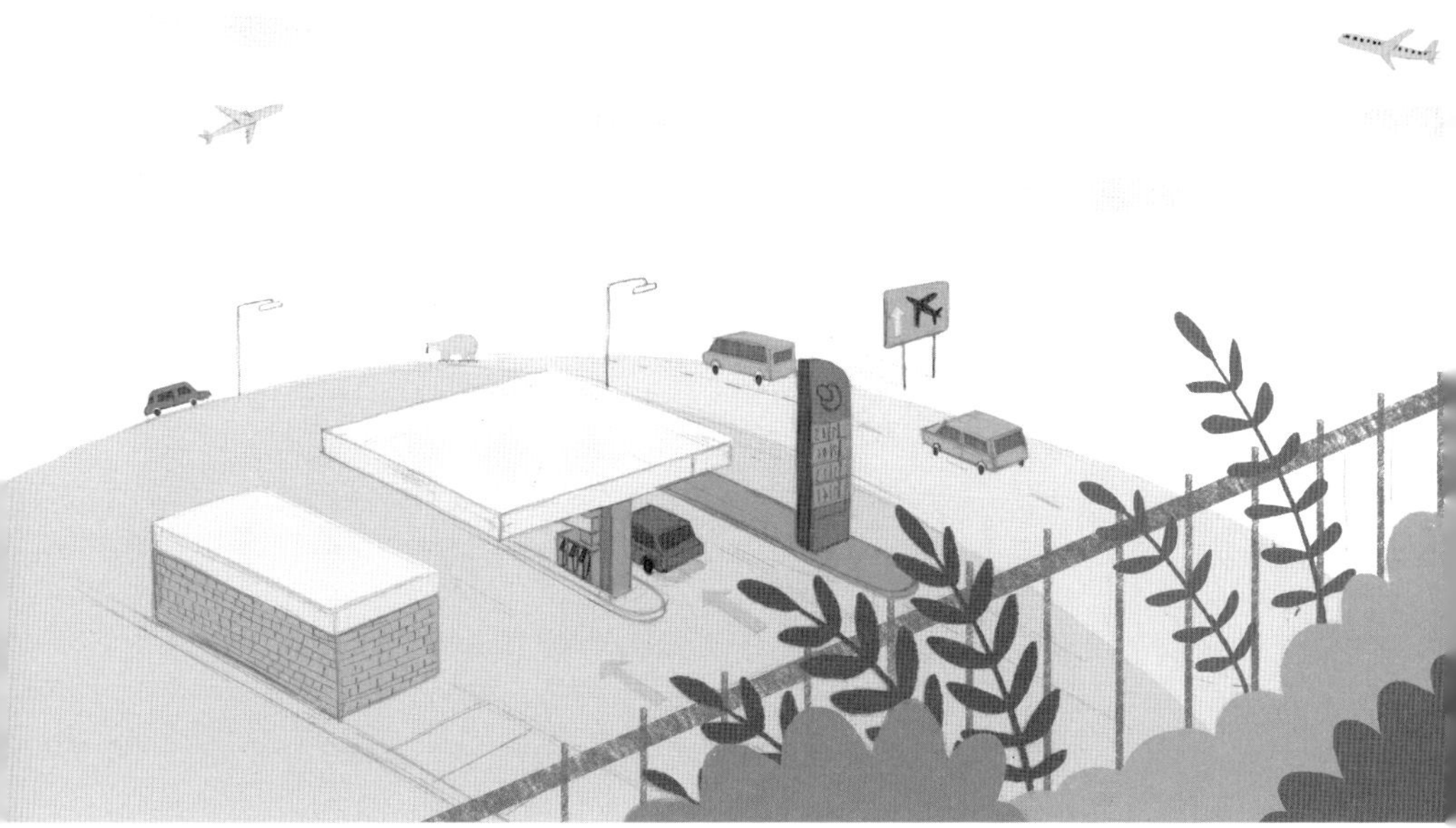

「そっちじゃないぞ、ミスターP《ピー》！

もどってこい！」

コナーが、笑《わら》いながらさけんだ。

デイルも大声でよぶ。

「おーい、何やってんだよ」

「どこに行く気？」

ママもさけんだ。

だけど、みんなのよぶ声は、空にすいこまれていくばかりで、やがて、だれもが口をつぐんでしまった。

そのとき、ルビーにはわかった……

わかってると思おうとした……

ミスターP《ピー》は行ってしまった……

もう、帰ってはこないのだ……。

いま、みんながルビーを見つめていた。ルビーは、ハッと息をのみ、のどにつかえたかたまりを、ぐっとのみくだした。

「心配事がひとつへったわ」

ルビーは、ミスターP《ピー》のぼうしをひろい、そこについていたシロクマの毛を数本、つまみとった。

「これでもう、買い物に行って、スーパーではずかしい思いをすることもないし、町中《まちなか》でおどったりしなくていいし、魚くさい大きな毛の山と、ひとつの部屋でねなくてもいい」

ルビーはまばたきして、なみだをごまかそうとした。

コナーはヘルメットをとると、頭をかいて、顔をしかめた。

「もう、スケートパークで、おもしろいハプニングはないの？　シロクマ・トリックも見れない？」

「魚フライは、もう必要《ひつよう》なさそうね」

モレスビーさんも、いった。

レオが、グスグスと泣《な》きはじめた。

「またもどってくるかもよ」と、ママはいったけど、ルビーにはわかっている。ミスターP《ピー》は、もどってこない。ルビーは、シロクマの毛を小さくまるめて、ポケットに入れた。

大好《だいす》きなパパへ

お元気ですか？　わたしは今日、ランプで「ドロップイン」を決めることができました。チョーいい感じにね。パパが見たら、感心したと思います。

ミスターP《ピー》が行っちゃってから、3か月たちました。だから、ほんとにもう帰ってこないんだろうな。でも、それでよかったんだと思います。このマンションで動物をかうことはできないし、ミスターP《ピー》がいると、ほんと、家がせまくてならないの。

ルビーは、ミスターP《ピー》のぼうしを手にとり、さわってみた。いまもまだ、シロクマのにおいがする。

人はいろんな理由でやってきて、いろんな理由で去っていくものだって、ママはいいます。物事がうまくいってるときはそばにいるのに、うまくいかなくなると、はなれていく人もいる。うまくいかないときにそばにいてくれて、うまくいきだすと、自分がいなくても、もうだいじょうぶと思って、いなくなる人もいる。

どこかの大会で、ミスターP《ピー》に会うことがあったら、つたえてください。わたしたちはみんな、元気にやってるよって。だけどみんな、すごく会いたがってるって。いまも、ママとレオの世話をしなきゃいけないときはあるけど、ママが仕事に出てる時間は長くなったし、ミスターP《ピー》がいなくなったかわりに、モレスビーさんがレオを見ててくれたりします。

この手紙は、ほんとにポストに入れてみるつもりです。パパのとこにとどくかどうかは、わからないけど。

ルビーより　×○×○

ルビーは手紙をていねいにたたみ、ふうとうに入れて、表にパパの住所を書いた。

19 お日さまと雲

ルビーは、パパにあてた手紙をポストに入れると、レオを連《つ》れて、公園に行った。コナーとデイルを見つけて、足をとめ、あいさつする。

「スケボー、やんないの？」と、ふたりにきかれ、ルビーは首を横にふった。

「レオと、アヒルにエサをやりにいくの。今週は、ママの調子があんまりよくないから」

「うちのばあちゃん、お母さんのとこに行ってる？」

コナーがきいた。

「うん。病院につきそってくれてる」

「いいね。じゃ、ぼくたちも、池までいっしょに行くよ」

デイルとコナーは、レオをスケートボードに乗せ、かたほうずつ手をつないでやって、池までひっぱっていった。ルビーは、そのあとからベビーカーをおして、ついていく。レオがボードをはじめるのに、十一さいまで待つ必要《ひつよう》はなさそうだ。

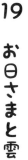

「アーア！」

レオがよぶと、アヒルたちは、池の岸近くによってきた。デイルとコナーは、レオがアヒルにパンを投げるのを、手《て》伝《つだ》ってくれた。

ふいにアヒルたちが静《しず》かになり、ルビーは首をかしげた。暗いかげが、池のむこうからこっちへとせまり、水の色を黒く変《か》えていく。

「ミッダーピー、ミッダーピー！」

レオが、体をたてにゆすりながら、空を指差《ゆびさ》した。

こどうが少し速くなる。顔を上げると、空をわたる大きな雲がひとつ、お日さまをかくしていた。

「ちがうわ、レオ。ミスターP《ピー》じゃない。ただの雲よ」

「ミッダーピー」

レオの声がしぼみ、上げていた手が、体のわきにだらんとおりた。ルビーはミスターP《ピー》をまねて、ぎゅうっとレオをだきしめてやった。

「ぼくらのスターだったな、あのクマは」

コナーがいった。

「短いあいだだったけどね」と、ルビーはこたえた。

さびしい。でも、なぜだろう。自然《しぜん》と、笑顔《えがお》がこぼれた。

■作家　**マリア・ファラー**

英国の児童書、ＹＡ作家。ユニヴァーシティ・カレッジ・ロンドンで音声言語科学を学び、言語聴覚士、教師として学校や病院に勤務。のちにバース・スパ大学で児童書の創作を学び、修士号を取得。2005年に“Santa's Kiwi Holiday”で作家デビュー。作品に“A Flash of Blue”、“Broken Strings”など。邦訳された本には『シロクマが家にやってきた！』（あかね書房）がある。

■画家　**ダニエル・リエリー**

ポルトガル在住の英国人イラストレーター。アーツ・インスティテュート・アット・ボーンマス（現在のアーツ・ユニバーシティ・ボーンマス）で学んだ。ロンドンで３年間、イラストレーターとして働いたのち、ポルトガルに移住。イラストを担当した児童書に、“This is a Serious Book”、“Emma Jane's Aeroplane”などがある（いずれも未訳）。

■訳者　**杉本 詠美（すぎもと えみ）**

広島県出身。広島大学文学部卒。おもな訳書は、『テンプル・グランディン 自閉症と生きる』（汐文社、第63回産経児童出版文化賞翻訳作品賞を受賞）、『クリスマスとよばれた男の子』（西村書店）、『シロクマが家にやってきた！』『色でみつける名画の秘密』（ともに、あかね書房）など。

装丁　白水あかね
協力　有限会社シーモア

スプラッシュ・ストーリーズ・35
シロクマが空からやってきた！

2018年11月30日　初版発行

作　者　マリア・ファラー
画　家　ダニエル・リエリー
訳　者　杉本詠美
発行者　岡本光晴
発行所　株式会社あかね書房
〒101-0065　東京都千代田区西神田 3-2-1
電　話　営業（03）3263-0641　編集（03）3263-0644
印刷所　錦明印刷株式会社
製本所　株式会社難波製本

NDC 933　192ページ　21 cm

ISBN978-4-251-04435-8
落丁・乱丁本はお取りかえいたします。定価はカバーに表示してあります。
https://www.akaneshobo.co.jp

ルビーのスケボー・トリック集

シロクマ・ビッグエア

U《ユー》字形のランプのはしから
大きくジャンプするのが、
ビッグエア。
シロクマがジャンプする
シロクマ・ビッグエアは、
さらにすごわざ！

オーリー

オーリーは、ジャンプのきほん。うしろの足で、ボードのうしろをうまくけると、ボードが、はねるように地面からうきあがる。ストリートやスケートパークで、何かにとびのったり、何かをとびこえたりするときにも、このわざをつかうよ。

キックフリップ

オーリーができるようになったら、チャレンジしたいのが、**キックフリップ**。やりかたはオーリーとだいたい同じだけどジャンプ中にボードの前の部分をけって（キック）、ボードを回転（フリップ）させる。キックフリップをじょうずにやるにはまずオーリーで、できるだけ高くジャンプできるようになることがだいじだよ。

かっこいいトリックは、たくさんある。
180《ワン・エイティ》**ノーコンプライ**とか、
ポップショービットとか。
オリジナルのわざを考えるのも、いいよね。
これが、わたしのオリジナル！

わすれちゃいけないのは、
とにかく楽しむこと！